散文卷

主 编　凌 翔

梦醒后是春天

南宫素浅 著

民主与建设出版社

·北京·

图书在版编目 (CIP) 数据

梦醒后是春天 / 南宫素浅著 . —北京：民主与建
设出版社，2021.6

ISBN 978–7–5139–3529–6

Ⅰ.①梦… Ⅱ.①南… Ⅲ.①散文集—中国—当代
Ⅳ.① I267

中国版本图书馆 CIP 数据核字（2021）第 083205 号

梦醒后是春天
MENG XINGHOU SHI CHUNTIAN

著　　者	南宫素浅	
责任编辑	周佩芳	
封面设计	陈　姝	
出版发行	民主与建设出版社有限责任公司	
电　　话	（010）59417747　59419778	
社　　址	北京市海淀区西三环中路 10 号望海楼 E 座 7 层	
邮　　编	100142	
印　　刷	河北信德印刷有限公司	
版　　次	2021 年 7 月第 1 版	
印　　次	2021 年 7 月第 1 次印刷	
开　　本	710 毫米 ×1000 毫米　　1/16	
印　　张	13	
字　　数	200 千字	
书　　号	ISBN 978–7–5139–3529–6	
定　　价	49.80 元	

注：如有印、装质量问题，请与出版社联系。

目　录

第四辑　心有远方

第五辑　一曲清歌

第一辑　时令之美

　　春天走得很快很快，仿佛昨日还是
"微风燕子斜""春风花草香"，还是"百
般红紫斗芳菲"。转眼，风一吹，花开到荼
蘼，就绿肥红瘦，落花满径了，阴阴夏日
衣衫薄，亦不过一盏茶的时光。

春风十里不如你

日本平安时期，那个于中宫任职，日日随在藤原定子皇后身侧的女官清少纳言提笔写下：春天黎明最美，逐渐发白的山头，天色微明，紫红的彩云变得纤细，长拖拖的横卧苍空。

春之破晓在那个才情横溢的女子眼中如此明丽动人，而我此刻于这春分之日的静夜里读起她深情无双的词句，同样觉得妙不可言。

春光袅袅的季节，万物都明晃晃得不成样子。赣南的春天，常常阴雨连绵，雨敲打下来还伴着偶尔的几声春雷，这时光是让人觉得尤为烦闷的。可待得晴日，那种闷闷的喷发不出的气儿一下子就捋顺了，整个天地都明亮了很多。

去一家店里买精巧可人的雪花釉瓷碗碟，一整套，日式，田园风。盛起食物来，满心欢喜，生活，其实还是要精致些才不会觉得辜负。也上网逛淘宝，买许多多肉植物，在还未放晴的阴日，就着窗外的细雨，一小铲一小铲地往陶瓷盆里装满土壤。然后把那小棵的绿色植物轻轻移入，摆放于窗台之上。等天暖气清时，祈愿它们可以蓬勃成长，长成我喜爱的模样。

校园李苑的门口有两株玉兰，在雨中瑟瑟缩缩地开着，粉粉嫩嫩的红，看上去十分惊艳。有些花朵会被骤雨打下，不过满树的花直挺挺的，远远看去，倒有一种一往无前的孤寒和别样的款款大气。它们那么高，高到我都无法近距离地区分它们是朱砂玉兰还是紫玉兰。碰上不下雨的早晨，便有着了校服，系了红领巾，扎了红绸带的女孩子坐在风雨连廊的石阶上读书，玉兰在头顶轻轻地摇啊摇啊。花圃里还有一株株的垂丝海棠相继开放，无香，但是素雅清丽，像羞涩的邻家小女。日日晨课，我穿过萃文楼，沿着长长的风雨连廊，走在播慧楼的楼下，还能看到翠绿的叶子间，那冒出的朵朵淡黄的含笑。我想，等到含笑肆意盛开的时候，我一定要叫窗边的孩子们打开窗户，闻一闻它的味道。

春光可绣，哪怕是孔子雕像后那一片片俗气的红继木都好像突然耀眼起来。爱心鱼池里，锦鲤鲜艳，下课时有低年级的孩子趴在栏杆上瞧得不亦乐乎，铃声响起才恋恋不舍地离开。他们咯咯咯地笑，我也笑。笑得锦鲤都感染到了，游得欢快无比。

近来也爱上民国的故事，恨不得把近代史通通读一遍。书中多的是热血男儿，马踏山河，曲线救国。当然也有才子佳人，深情无边。比如，朱生豪，那个宋清如至上主义者的男人，为文坛翻译了《罗密欧与朱丽叶》《威尼斯商人》等无可挑剔的莎士比亚作品，也留下了五百多封言辞动人的情书。他说，他说，你是青天一样可羡。配音演员朱亚文在一档《声临其境》的节目后火得一发不可收，他用充满磁性的声音略带沙哑地读起朱生豪的情书来，那七分宠溺，两分无奈，一分洒然，配上微微的叹气，转音处轻压的声线和骨子里溢出的深情，真真是让人无法自拔。

我亦收集了一套朱生豪情书集《醒来觉得甚是爱你》，于平安夜，跨过长江，邮寄到金陵城一个喜欢的姑娘手中。

你看，这世上多的是爱呀！

春日宜人、杏花微雨的春，草长莺飞、蜂飞蝶舞的春是生命中源源不断的力量，它支撑着我们对世界的观望，也带来无穷的生机和希望。尘世多欢喜，恰如这春光曳曳。

有友人发信息给我"素浅，你看春光多好"，亦有友人欣欣然地喊"咱们赏花去吧"。去吧去吧，去扬州看三月烟花，去秦淮河看春燕呢喃，看柳色如眉碧草青青，桃红李白灿若云霞，也去饮酒，去簪花。

你要知道，春天里的你，颔首低眉呀，都是风情！

静夜，开了音乐，摊了书，读不进心里，夜色多好，于是想起夏目漱石曾经把我爱你翻译成"今晚月色真美"。我曾经学日语缺了些耐性，倒了解到这一委婉的情话。于是我今夜提笔只写"春水初生，春林初盛，春风十里不如你"。

请你们，莫负光阴！

梦醒后是春天

曾经问过一个女孩子：在所有的节气里，你最爱哪个？她说她喜爱惊蛰。

哦，惊蛰，是春雷始响，蛰虫惊醒的时节。

因为惊蛰过后天气回暖，万物复苏，好似一整个春天的梦都要醒来了，有春江水暖鸭先知，有红杏枝头春意闹，有千里莺啼绿映红，总之满目繁花似锦，乱红迷人眼的仲春景象。

唐代有诗云："微雨众卉新，一雷惊蛰始。田家几日闲，耕种从此起。"一场微细的春雨来临，苏醒的百草一派生机盎然，一声隆隆的春雷，表明惊蛰节令的来临。种田人家，一年又能有几天空闲？你看，惊蛰过后农人们就要开始忙碌起来了。

韦应物的这首《观田家》写得平白朴实，不雕琢，不修饰，把一个节令的平淡生活轻轻勾勒，那种田园生活的动人画面就出来了。然而你要真认为诗人是在欣赏这乡野之景，那又错了，后面还有"仓廪无宿储，徭役犹未已。方惭不耕者，禄食出闾里"。这句大抵和小孩子都熟背的"四海无闲田，农夫犹饿死"类似，日日劳作，毫无存粮，于是诗人感慨：看到农民这样，我这不耕者深感惭愧，因为我所得的俸禄可都出自这些种田百姓呀！

诗人究竟是不是真心感慨，我们并不知晓，但凭他一个滁州刺史的身份，愿意为百姓的苦难流几滴眼泪，叹几声气，还是颇有为官父母的几丝真心的。当时的刺史身份大概也就像如今的市长地位，韦应物从政几十年，史书皆说他勤政爱民，想来不会错。

然而这个后来为官颇为勤勉的老人家，年少的时候也是肆意妄为的。名门世家，才华过人，天子近侍，是白马轻裘，仗势逼人的模样。欺男霸女，横行乡里，也不是没有的事。彼时，这个十六七岁的少年不知道能否预料到多年以后他会对农人，对这一片土地无限愧疚，深深自责。

繁华过后，轰轰烈烈的安史之乱打破了长安城的锦绣生活，天子妃嫔都难逃劫难，何况他呢，最终丢了官职。流离中他一定想起了曾经骄傲跋扈的样子，那种仗着家族蒙阴的日子终于是远离了，生活像是有一道惊雷劈了下来，那些荒唐的，霸道的事一件件地在脑海里回放，压得他抬不起头来。

据说后来的韦应物开始立志。日常里，他读书，也焚香，在香气袅袅中静坐。那个时候，他在想什么呢！多年后，他凭借自身的才华重新走上仕途，均是地方官，远离皇城，应该也是欣喜的，虽然任职的地方总是换来换去，但起码比年少的荒唐有意思多了。他常常忧心，满是对百姓的愧疚，那种哀思多像是一场漫长的救赎。

苏州刺史任期后，一贫如洗的韦应物，客死他乡，结束了一个文人的一生。

又是一个春天，幽草涧边生，黄鹂深树鸣，小舟在江心漂荡，却终究没有承渡的人。

炉火慢慢熄灭，香已冷，一声声惊雷中，年轻跋扈的男子彻底留在了过往，后人记住的只有爱国忧民的诗人"韦苏州"。

惊雷响在心头的那一天，不知道是不是惊蛰？

我们每个人都应该看到自己内心的不足，也应该于时光中被警醒，然后成长，惊蛰一声雷，雷声后便会春和景明，花繁肆意！

韦大人，待得天气回暖，阳光正好，温风如酒的日子，我这个隔了你一千多年的姑娘，定要好好煮一壶茶，翻一翻《韦苏州集》。

惊残好梦无寻处

　　老家附近的大路两旁有桐花盛开，丽日当空下，白茫茫的一大片，像席慕蓉所说的"整个世界都覆盖在白色的花荫下了"。原来，又是一年桐花万里的清明呢！

　　阳光普照，天朗气清，和往年细雨纷纷的清明比起来，总觉得有些微微的怪异，大抵是这样一个节日，在人们的心底里，总需要一片湿雨才能使那些深藏的哀愁更有流露的理由吧？

　　叔叔驱车，带婶婶和我们赶回老家。路途上，遇上年轻的女孩子，高中模样，长发飞舞，捧了一大束新鲜的黄菊；亦有中年男子，一手提了竹篮，篮里盛满香烛、酒水、纸钱、水果等祭拜之物，一手牵了年幼孩子的手，行走在青草盈盈的田陌之上；也碰上一支浩大的出殡队伍，后辈儿女麻衣披身，一身重孝，伴着灵柩缓缓而行。后座的婶婶迅速捂住幼弟的眼睛说道：别看，别看。我亦慢慢合眼，遁入黑暗，只余哀乐声声从车旁，从耳边过去。

　　我始终觉得，生死都是人生大事。造物主赋予了人生活的权利，也要给予人们一个最终的结果，而我们能做的大概也就是在活着的时候好好生活，珍惜每个难忘的时刻，让生命充盈，生活更加充满意义罢了。不是吗？

兴致好的时候我做饭，浇花，却许久没碰过手工，一盒子琉璃彩珠只剩几颗孤零零地待在箱子里。日子平淡，也偶有时日夜夜不曾好梦，许是对繁杂的工作起了倦怠之心，便勾起了藏在内心的那些思绪，然后就会想起很多很多年前，那些山水迢迢路遥马亡也不知疲倦的少女时光。锡林郭勒的大雪、长江以北的鲜花、闽南的海风、还有古镇的太阳，全都是恣意挥洒的青春。而今，家庭、工作、孩子，终究缓缓消磨了些许激情。有时累到极致之时，会斜卧在房间的书柜前，随手抽本书，只当消遣，也会上网买喜欢的作家的书籍。阅读，已成为我对抗油盐生活的良药。订单成功后发消息给朋友：我多害怕，自己月月都在增加当当网的收入，却还是一副懵懂无知毫无长进的模样。

迷一档叫《见字如面》的节目，被林觉民的《与妻书》感动到稀里哗啦。林觉民，一心追求民主革命，推崇平等自由的青年，一百多年前，24 岁的他在狱中写下诀别书，满腔热血却又缠绵悱恻，然后从容赴死。风雨飘摇的时代，那样的青年烈士又何止他一人。他们抛却一切，热血沸腾地投入一场场运动，勇敢激进，一心想要换来民主和自由，哪怕身首异处，也浇不灭那心里革命的火苗。后人把那些年轻而顽强的灵魂安葬，唤作"黄花岗七十二烈士"。

《与妻书》里，林觉民叫妻子陈意映莫要哀思，然而，又怎能不思？曾经那样心意相通的爱人，在这样一封情真意切的书信前定会簌簌落泪，泣不成声的吧。两年后，悲痛过度的陈意映随之而去了。

清明前夕，学校组织学生赴当地革命烈士纪念碑祭奠，孩子们着了校服，胸前红领巾鲜红，一枝枝菊花被郑重放至纪念碑前。我和孩子们一起鞠躬，一起默哀，这美好的岁月啊，是曾经多少"林觉民"心里的愿景。

天光耀眼，老家院里的后山上开始响起此起彼伏的鞭炮声，新烟四起，坟茔面前，扫墓的老人们定会仔细嘱咐孩子们磕头行礼，也许还会默默祈祷祖先护佑子孙，那种严肃的仪式感才是这个节日该有的样子吧！

青梅将熟，李子如豆，桃花逝去，逐渐化作一颗颗诱人的青桃，待到夏至，便能尝到那酸甜的滋味了呀！田野里，采摘艾草的妇人满载而归；妈妈带着小侄女采了新鲜的野菜回来；邻居家传来热闹的交谈声；虫声嘹亮，狗在低吠，处处是清明的锦绣光阴。

四月的风缓缓吹，在这万物洁净而明亮的节气里，多适合踏青。巍巍青山之上，无边的天宇下，你一定会觉得生活总是充满无限的希望。

我又想起冯延巳的《鹊踏枝》：六曲阑干偎碧树，杨柳风轻，展尽黄金缕。谁把钿筝移玉柱？穿帘海燕惊飞去。满眼游丝兼落絮，红杏开时，一霎清明雨。浓睡觉来慵不语，惊残好梦无寻处？

愿清明时节，万事清明，白日有人护你周全，入夜有爱伴你安眠。

唯与光阴独往来

春柳如烟，春风夭夭，你有没有觉得，时光总是短暂。

好时光啊，不管如何度过，都似无法尽兴。

原野里紫红的苜蓿浓烈了许久，杜鹃花在山林间招摇，桃花谢了李花开，就连校园里的那一排排含笑都在风中静悄悄地散发出清香。满世界都花气袭人，这样的春日，就该游遍芳丛，才不会觉得辜负与浪费吧？

日子清浅，读书、授业、写文、赏花。当真算得上是情深意长的生活，偶尔也做手工，青铜的花片，素淡的簪骨，铜丝绕过像三月的清水那样澄澈的琉璃青珠，每个低眉穿线的罅隙里都承载着我对生活的浅喜和深爱；会在夜深读书，多是散文，雪小禅、安宁，皆是十五六的青春年少便喜爱的人儿，空闲时也热衷配乐朗读，只是声音低沉，总缺了些清灵曼妙；周末，会坐车回很远的乡下，带可爱的孩子去田野、小径行走，灯芯草用来编手环，采一把地面淡雅的紫地丁，也捉小蝴蝶，或在花丛里打滚，当然总是会有好心的邻居急急劝告：呀，春天，那花粉可有毒了，不要让孩子碰哇！我爽快应承，可孩子却铆足了劲撒欢；买回了很多蔬菜种子，青茄、辣椒、玉米、黄瓜……央妈妈种下，静静期待丰收呀。

你说，你说，生活是不是挺好！

许久不曾写东西，前段时间突兀地想起写一部小说，缘由只不过是答应过几个深得我心的友人，要把他们的故事化成文字，让那栀子花飘香的校园成为我们永恒的回忆。

小说的名字叫《你若来，花就开》。

你看，花都开好了。于是，我在每个动笔的瞬间都深思熟虑，哪怕这支曾能写深情款款的笔早已生锈，哪怕自己早已丧失了那些单纯的美好。

不知所云，不知所云。

算了，和大家讲一个故事：不过得从仓颉造字说起。据说开天辟地以后，人类经过了几十万年没有文字的日子。到黄帝时代，朝中出了个能人仓颉。他立志要使人间摆脱没有汉字的苦难，辞官外出，遍访九州，回到家乡杨武村，独自一个住在沟里没人处造字。造了三年，造出一斗油菜籽那么多的字。玉帝听到这件事，大受感动，决定重奖仓颉。奖什么呢？奖了个金人。可是仓颉说：我不要金人，我想要五谷丰登，让天下的老百姓都有饭吃。

第二天，天气晴朗，万里无云。仓颉正要出门，突然见满天里向下落谷粒。那谷粒下得比雨点还密，足足下了半个时辰，地上积了一尺多厚方才停住。仓颉既奇怪又高兴，急忙跑出门去，只见那谷粒铺遍了整个村子，铺满了山川平地。乡亲们也十分惊异，个个人都向家里揽谷子。

后来，这一天就叫谷雨。

今日恰巧谷雨，春天的最后一个节气，春色渐退，雨翻浮萍，残花即将落尽。

请问，你是否可以趁着春未去，和我一起去看看杨柳拂岸，鸟弄桐花，赏一抹最后的春光？

其实，我是不会告诉你，我在等桑葚成熟哩！

不记兰亭三月三

读书时代，你大概读过这样一篇古文吧，名字叫《子路、曾皙、冉有、公西华侍坐》。两千多年前的那个春秋时期，在一个天朗气清的日子里，孔子召集弟子们一块畅谈志向舒展抱负。窗外的天气甚好，弟子们沏了茶，恭谨地陪坐在下侧。老夫子瞧了瞧身旁的弟子们那拘谨的模样，捋了捋胡须，呷了小口茶悠悠说道：今天我们就单纯谈谈志向，别紧张，谁先说？于是他们互相看了看，还是按位置来吧。

子路说我要从政，冉有说我要加强军事力量，公西华说我要做司仪，曾皙正抚着琴，琴声最后一个音符落下时，他说了：我只想踏踏青，唱唱歌呀！老夫子高兴得胡子都翘了起来，哎呀，好徒儿，你和我想的一样。

咳，言归正传，原文是"点，尔何如？"鼓瑟希，铿尔，舍瑟而作，对曰："异乎三子者之撰。"子曰："何伤乎？亦各言其志也！"曰："莫春者，春服既成，冠者五六人，童子六七人，浴乎沂，风乎舞雩，咏而归。"夫子喟然叹曰："吾与点也。"

从鼎盛春秋到今天，轻率的子路也好，谦虚的冉有、委婉的公西华也好，还有那个琴声缭绕里高雅的曾皙也好，圣贤都早已离去。然而那一场时空里的对话至今读起还是觉得有趣得紧。野史里说曾皙皮肤黝黑，脸上有斑，我总是不愿意相信，那个用朴素晓畅而又充满诗情画意的语言描绘自己理想蓝图的人，应该是个白衣翩翩，悠然抚琴的当世无双的公子呀！

他说，暮春三月，穿上春天的衣服，约上五六人，带上六七个童子，在沂水边沐浴，在高坡上吹风，一路唱着歌而回。那才是他，所有的济世，以及儒家推行的仁政不过是要达到政治清明，民风淳朴，安闲度日的最终目的。百姓们微小的心愿不过是要在春天有青可踏，秋天有五谷可丰收呀。当然，你，我都该庆幸，我们生活在政通人和，安居乐业的国度。并不像距离我们8000多公里外的那个战火纷飞的叙利亚。

早上的最新消息是导弹又一次轰炸，此时的我在办公室里喝茶改作业，你也在安稳上班。最后，战争终究会以某种形式结束，然而受苦的永远只是平民。然而事实是，这七年多来，对于叙利亚人民，大概平安活下去才是最重要的，只有活着，丈夫才会在乎家里的门窗是否完整，妇人才会在乎桌上餐盘的花色，孩子才会在乎球鞋是否破了洞！

至于，浴乎沂，风乎舞雩，咏而归，则是奢望中的奢望了。

何其有幸，太平生活是我们生活的常态，因此我们才得以阳春时节，呼朋结伴；才得以暮夜之际，庭院赏月；才得以雪中寻梅，把酒而歌。当然，更可以在今天这个日子里，学曾皙沐浴吹风，效仿王羲之曲水流觞兰亭唱和。因为，今天是上巳节！

上巳节，一个早已离我们远去的日子，农历的三月初三，传说中，黄帝的诞辰，中原地区自古有"二月二，龙抬头；三月三，生轩辕"的说法。魏晋流行，后代沿袭，遂成水边饮宴、郊外游春的节日。如今，早已被淡忘。

新闻里说长沙湖畔的学生们着了新装，祓除饮宴，惠风和畅中歌舞肆笑，一派魏晋名士的意趣。也从圈里知道广西的朋友在喊着放两天假，当然也有连休五天的，因为三月三是壮族的公假，要跪拜祭祖，驱邪去恶，虔诚求平安，容不得马虎。据说，中国共青团已经官方发布，今年的三月三为首届中国华服日，号召人们穿汉服，明白汉家礼仪。其实，再怎么复兴，当那些风俗慢慢远离我们的生活，旧时光里惊天动地的悲喜也和寻常日子无异了。因为没有多少人记得那些花团锦簇的日子了。

不过，做一场梦也是好的，穿越千年的距离，去吹魏晋的风，喝大唐的酒，去看王羲之作序，去长安水边等丽人。

其实，上巳节也是古代传统的情人节。据说少年男女，在上巳节这天如果得遇心仪之人，便会大胆私订终身。原来世间情意呀！最好不过一句"心悦君兮君亦知"。如果，你有心仪的人，还是应该记得去花店为她选一束郁金香或者芍药。

杨柳春风三月三，画桥芳草碧纤纤。愿你可以在这个节日里更加热爱生活，于天地间高声谈笑。

三月的暮春，你看，草在结它的种子，风在摇它的叶子，我们站着，不说话就十分美好。

一夜熏风带暑来

　　春夏之交的犹城，姹紫嫣红悄然褪去，几场停停歇歇的雨，携带着闷热的风，满山的绿，急急地打开了初夏的大门。

　　春天走得很快很快，仿佛昨日还是"微风燕子斜""春风花草香"，还是"百般红紫斗芳菲"。转眼，风一吹，花开到荼蘼，就绿肥红瘦，落花满径了，阴阴夏日衣衫薄，亦不过一盏茶的时光。

　　立夏，一年中的第七个节气，斗指东南，维为立夏，智慧的先人赋予这样一个动听的名字。于是，万物肆无忌惮地生长，竹子拔节，草木葱茏，燕子筑了新巢，树木悄悄扩大年轮，浓而深的绿骄傲地霸占漫山遍野。

　　这个唤作"春尽"的日子呀，惊艳而惊心。无怪乎诗人说：无可奈何花落去，且将樱笋饯春归。

　　去吧，去山野，去溪边，好友二三，摆上菜肴和美酒，像送别老友一样去送别春天，大抵是文人都爱做的雅事。再时光回溯，穿越回曹雪芹先生笔下的大观园，那些美丽的女孩子，寻了个夏日将来的由头，作诗品茶，嬉笑玩闹，吃上一顿精致的饯春宴，再用花瓣柳枝编成轿马，用绫锦纱罗叠成干旄旌幢，配上五彩的丝线。系到每一棵树上，每一枝花上。顿时满园里就花枝招展起来，加上那些美丽的女子，打扮得容颜可人，真真是不似人间。

同这一日的京城南郊，一场浩浩荡荡的迎夏仪式也开始了，一身朱红礼服的天子，偕百官祭赤帝。盛大的队伍，满目皆红，那样隆重那般肃穆。烦琐而庄严的礼节后，天子开始命令官员巡视四方，勉励耕种。

这是读关于立夏的故事时，脑海里能浮现的画面。史集中，这一饯一迎，春逝的伤感，夏来的期盼，把旧年那些惊天动地的风俗活脱脱地呈现出来。多像生活，一边回首，一边向前，挥手作别美好的曾经，待得浓阴夏日，满架蔷薇一院香，那绿总会给人无限的希望。

回归生活，饯春这样的事，放到今日，总觉得委实矫情了些。然而约上两三知己，去公园走走，倒是不辜负大好时光。随着旅游业的快速发展，这个小城慢慢地开始出现许多景点，青山绿水，碧草纤纤，朋友圈里铺天盖地的赏花图，再配上专业摄影师的完美取角，以及独特的文案宣传，好像不去走一趟，都是极其罪恶的事情。

去柜子里寻找衣裳，干净清新的灰蓝色，樱花刺绣的前襟，丝带蝴蝶结的领口，袖口紧缩，侧方开衩，配合一枚小小的盘扣。是干净的初夏气息，衣裳的名字叫"熏风"，出自一家古风服饰工作室。熏风一款，有如晴空万里的蓝，也有如桃红初生的粉，均适合娇柔淡雅的性子。是"满树的粉杏笼了春雨，在清晨熏的风也是花香"，于这立夏而言，是再适合不过的。

园子里的玫瑰谢了大半，绿丛里仍有一朵朵含苞的花蕾。荷塘换上新绿，青梅饱满诱人，隔壁农家的枇杷金黄。所有春天里的嫣红，在经历春风和煦，乍暖还寒后，于这一夜熏风中，化成青绿可人的果子。我一袭轻装，站在五月的风里，看季节打磨岁月，山川被绿铺得淳厚，心里便流淌出生生不息的快意爽朗！

夏天开始！一切都好！

快一点，快一点，去拥抱这满目青绿苍山远！慢一点，慢一点，停下脚步，也看看这广阔的人间绝色。

　　呀！你听，夏天的风悄悄吹来了！

人生最好是小满

立夏携带的风一路奔来，没有丝毫犹豫地把夏的接力棒传递到小满的手里。

小满、小满，轻轻地读一读这样平淡的两个字，就如同傍晚，乡野之中的妇人呼唤晚归的那个脸蛋胖嘟嘟，黝黑土气，打赤脚光膀子的小男孩的名儿。

热气腾腾里满是烦闷的气息。这个节气，哪里有宜人的春天那般富有诗意？都说小满时节，农作物籽粒开始灌浆饱满，小满物满盈，小麦快长成。此刻的秦岭淮河以北，大片的麦子已经疯长，一粒粒你挤我挨。而我生活的赣南不种麦子，甚至田园乡村随着年轻人在城市的驻足扎根，祖祖辈辈栽种的水稻都已化成脑海里的记忆。田地荒芜，蔓草肆意狂妄，因此，作物铆足了劲疯长的样子已是少见。然而田间小路旁倒有零零星星的野花开放，各色的凤仙，偶尔几株晚开的紫地丁，矮牵牛的藤蔓悄悄爬上篱墙，枸杞的叶子绿意浓浓，熟透的梅子会在风过的时候，咕咚一声落到水里，然后被带到不知名的地方。

小河畔，我举了竹竿，去敲打那饱满的果子。夏天的青梅色泽迷人，一颗颗捣碎，取上白色瓷碗，撒一把细盐，尝那么一口，好似一整个日头弥漫的午后，突然就清醒过来了。当然它们更适合的，是盛放在透明的玻璃瓶里，和冰糖白酒缓缓发酵，看它们在时间的手心里慢慢转成琥珀色的液体，待清风徐来的午后，哪里需要品论英雄，只喝酒便好呢！

　　二三十户人家的村民小组，爸爸家还会年年栽种水稻，不多，大抵能满足一家一年多的口粮，以及妈妈每年冬天酿酒的材料，偶尔还有多余的卖出，一切是看心情的。爸爸说，自家种的粮食好歹比外面各种农药混合下长成的稻子强。于是，给予爸爸各种礼物远没有给他置办新的农具，新型的收割机等来得让他开心。

　　曾经抓过蝌蚪的水田里，杂草在耕田机的轰鸣声中，沉入泥土，一轮轮翻动后，是亮起金色光泽的漠漠水田。

　　我家小男孩和侄儿在田埂上一边瞧着爸爸劳作，一边嗲声嗲气着讨论一个庞大的秘密。侄儿说"爷爷在打田。""嗯嗯，是的！"小男孩抬起着小手指，接着问"打田干什么呢？""种稻子啊，种出来我们就有饭吃了。不吃饭会饿的！"上了幼儿园的侄儿像个小大人。"我不想饿肚子。"小男孩撇了嘴巴。"所以爷爷就要种稻子啊，这样我们就能吃米饭啦！"侄儿十分笃定地解释。小男孩稳稳地点了头。然后一大一小又悄悄地去拔路旁的野草。

　　我站在田埂旁呆呆地看爸爸耕作的身影，深深明白，种植庄稼该是一个农人对土地最深沉的热爱。水稻的种子是去年存留的，放到水里浸泡，等待肿胀，催芽。十余天后撒入一垄一垄的田里，等待发芽，长出嫩苗。最后我知道时间会把爸爸辛苦耕种的田地化成一片绿色的毯子。夏日的劳作，满脸的汗滴，那过程很辛苦，而爸爸伺候水稻像伺候他的孙儿外孙一样小心，施肥，拔草，除虫，时刻不忘地灌水。待到秋天，那片绿色的田野会回馈我们一片金黄，稻穗沉甸甸的，像藏了满世界的喜悦。然后收割，暴晒，入仓，冬天到来的时候，便可以酿制浓香的米酒和做孩子们可口的食物了。

播下种子，耐心呵护，获取成果。这是人的力量，也是自然的馈赠。生活大概也是这样吧，慢慢来，急不得，一步一步地，时间到了，总能圆满。

菜园里，妈妈撒下的西瓜和香瓜的种子已经发芽，辣椒结下了一个个果实，黄瓜那样鲜嫩，韭菜那样翠绿。我和孩子们坐在桃树下的石凳上看蝴蝶在花丛里飞舞，偶尔他们会奔来奔去地想要追逐到一只。可是蝴蝶飞啊，飞啊，飞到院墙外，因为那里有红红的月季已经开了一大片。

啊，日子可真是美妙呢。生长的尽情生长，成熟的使劲成熟，热风吹过，靡草死去。一切欣欣然，都是上苍公平的安排。

所以，快节奏的生活里，浮躁的人心里，你可千万不要着急，不要贪心。此刻便是最好，月盈则亏，水满则溢。不要强求啊，满足于当下。小满，小满，幸福的状态是比刚刚好多一点，这就是你我说的小确幸。

《菜根谭》里说"花看半开，酒饮微醉，此中大有佳趣。若至烂漫，便成恶境矣。履盈满者，宜思之"这个听来俗不可耐的节气，用来形容人生，简直妙不可言。

"小满简直是夏天最可爱的日子！"我歪头这样一想。

夏天的忧伤

静夜时分，忙里偷闲在书桌前静静抄写一首苏轼词《鹧鸪天》：

林断山明竹隐墙，乱蝉衰草小池塘。

翻空白鸟时时见，照水红蕖细细香。

村舍外，古城旁，杖藜徐步转斜阳。

殷勤昨夜三更雨，又得浮生一日凉。

神宗元丰六年，那个谪居黄州的苏轼在一场夜雨后描绘出那样一个乱蝉声声，夏草萋迷的夏天。

印象里，始终意气风发的苏东坡总是勇敢而傲然的模样，即使坎坷挫折也不在话下，而如今，乌台诗案，一纸诏书，让自己终究也难免失意了。那种无所事事的悲凉，辛酸的自嘲。在那个雨夜不断疯长，偏偏苏子又维持那份倔强，不愿直言，只肯小声地嘟囔：感谢这雨，让我度过凉爽的一天。

昨夜，这个小城也下了一场雨，属于夏天的雨，急躁而又匆忙，一点也不肯商量的架势。这夏雨丝毫没有带来凉爽的感觉，反而让空气更加闷热，尤其是夜里，让人无论如何也安睡不了，甚至有时热到半夜起来，汗水打湿半块枕巾。

今日恰逢夏至，夏至，多好的两个字啊！充满一种诗意盎然，清脆诱人的味道。是夏至啊，香樟肆意的夏至，青春洋溢的夏至，活力奔放的夏至。年少时，极其喜欢小四的书，准确来说，彼时，那个叫郭小四的男子当真迷倒了一大群校园女生。一部《夏至未至》在教室里传来传去，翻了又翻。还准备了一本极其精致的硬壳笔记本，把那些美到极致的句子认真地一句句抄下来，甚至达到能一口气背五六页的地步。诸如那"年华终究会羽化为华丽的燕尾蝶，在世间撒下耀眼的磷粉""天空尽管阴霾，但终究会蔚蓝""你泼墨了墙角残缺的预言，于是渲染出一个没有跌宕的夏天"之类，真是满满的属于少女的美妙时光。

我翻看静躺在书柜里的笔记，纸张已经泛黄，扉页精致的彩画也褪了光泽。而里面摘抄的句子，我竟记忆衰退到记不起来了。

读的书越来越少，慢慢地好像少了与人交流的谈资，说到底不过是懒惰而已。

临近期末，我不像苏子那般无所事事，反而一日忙过一日。不知道算不算充实，但不曾停歇，没有录音，没有做手工，甚至很久没有做菜，但每天同样有写不完的单位汇报材料、没有休止的宣传任务以及生活杂事，幸而，我不反感。

我外表柔弱，性子其实倔强，执拗。熟悉的人大抵都不会太清楚，深交方能看透。还记得许久许久的时光之前，某个下雨的傍晚，我曾和一个男孩子下棋，陆战棋，一盘一盘下过去，始终不肯停。那个男生之前有朋友怂恿我去交谈过，不过几盘棋后就没了下文。

后来，我去参加一个比赛，清一色的男生，也是玩陆战棋，我一个矮小的女孩子在众多的选手中突兀得很。几轮后，和一个据说很厉害的男生对决，玩暗碰，我一往无前，全是同归于尽的孤勇。结束后，他翻出所有棋子，说我杀伐狠厉，不如外表娴静。最后他说，太厉害的女孩子不招人喜欢。然后我想起雨帘下那个下棋的人，于是悻悻出了赛场。

时至今日，我没有因为身上的锋芒而受伤，人生足够顺意，也许是因为学会了收敛。也许是我始终记着恩师的话：你是优秀的孩子。

是，我已经确信，哪怕藏于人群，低调静默，我也是自己的英雄。

有风吹动宣纸，我低头一看，书桌上，墨迹未干，恍惚又见斜阳点点中，杖藜徐步的苏子。

秋分啊秋分

　　日子伴着惊蛰的雷进入长夏，来不及赏满池子芙蕖，知了声声里就是立秋，再然后处暑白露，心里便凉泠泠的，今日已是秋分，惶恐中便再想，之后寒露，霜降，立冬，于是，一年就过了。时光啊，走得那么快，就想起作家宗璞感叹的一句：真真的怎么得了！

　　白露带来的冷空气肆虐了几个早晨，外加一场毫无商量的暴雨过后，就犹犹豫豫地像是留恋起夏天的味道来，反反复复地热。人烦躁，整个小城也像一下子上了火似的烦躁起来。

　　趁着假期回了乡下，空气凉爽，秋阳灿烂，田野里满是丰收的气息，小满时节，爸爸撒下的谷种长成嫩苗，生长，抽穗，灌浆饱满，继而等待丰收。满田野的金黄已在几日前被收割，田野上只剩一个个草垛子直直挺立。胀大的谷粒被铺在院里的地板上像块黄毯子，装筐，入库，是一年的辛苦收成。妈妈把它磨成粉浆，放入锅里大火蒸开后，锅铲搅拌至凝固，在糅合成一根根竖条状后，再一次蒸透，蘸酱油辣椒，便成了一道独特的美味。

　　多做的那份，妈妈放入了冰箱，叮嘱我假期后带回学校去。

午后时分，和孩子去院子附近，篱笆外的石壁上摘红通通的枸杞，小时候我记得家门口总有大片大片的枸杞，每到这个时节就红成一大片，和附近的小孩子摘来，哪里用得着清洗，便丢进嘴里，嚼得很开心。如今也不知怎的，许多藤蔓都找不到了。

　　用透明的小瓷碗盛了半碗果子，放在石头上晾晒，妈妈问我费这工夫干嘛？我笑嘻嘻地说泡茶喝哩！

　　月季开了红色花朵，铺在南瓜的藤蔓上，鸡冠花开得这里一朵那里一朵，毫无章法，水仙是白色的，一大片的野菊是黄色的，还有紫色的葛藤、蓝色的朝颜、妖艳的曼珠沙华、淡白的韭菜花、粉紫的扁豆花。

　　哪里是秋天，分明就像万紫千红的春！

　　厨房里飘来炖猪蹄的香味时，锅里，妈妈在炒了半熟的土鸡上迅速撒下一大把黄色的板栗，我跑出厨房，在桃子树下胡乱摘下一把紫苏，丢在清蒸的螃蟹上。侄儿直呼好香呀好香呀，可惜，这小男生不食海鲜，都喂进了我家念念的肚子里。

　　饭后，整理书房，有沈复的《浮生六记》，尤爱《闲情记趣》一卷，觉得平生所求，不过如此。于平淡生活中，活出情深意长。

　　冷清的暮秋时节，天和地，都在做着减法，这人生啊，舒朗快意才是道理。

秋已深，人未央

察觉到秋意越来越浓，是因为操场里嬉闹的学生悄悄换掉了夏装，穿上秋冬校服。

再一看日历，竟至寒露，一个月露清冷的时节了。

二十四节气里，最喜欢的就是寒露，霜降，这喜欢挺没内涵，大抵是因为这两个节令的名字念起来有一种浅浅的薄凉之感。王安石在一首诗里说"空庭得秋长漫漫，寒露入暮愁衣单"，不知道在这样一个凉气越发深厚的深秋，是否有人低声相询，嘱你添加衣裳呢？

随着年龄的增长，我倒是越发喜爱上了瑟瑟清寒的秋，就如同喜欢一个眼眸冷锐，清冽悠然的男子，玉簪束发，眉目如画，只是近不得，只远远看得那寒风中的一抹身影。

"秋花惨淡秋草黄，耿耿秋灯秋夜长"，染病的林黛玉卧在床榻上，听秋夜风雨，心底一阵凄凉；"南浦凄凄别，西风袅袅秋"，送别友人的白乐天站在南浦边，看着登舟人远去的船只，是那样酸楚；"淮南秋雨夜，高斋闻雁来"，独坐书房的韦应物又想起了家乡，这样一个凄寒的秋，对远宦的他来说，竟是一夜不得安睡。爱情也好，友情，乡情也罢，因为这一抹秋意，竟生生地多出诸多感慨，诸多意味来。

深秋，是凉的，像悲凉的故事。

曾闲来无事时写过一部小说，女孩子温婉可人，玲珑乖巧，爱上一个唤衾思寒的男孩子，从十六岁的璀璨年华，不声不响，深深镌刻在漫长的时光里。她默默地低到尘埃里，一路漂洋过海。后来，等到她终于足够有勇气回来告诉他一场青春里盛大的秘密时，才发现那样一个清凉寡淡的男子，与她，根本就像永不契合的平行线。

高三时也信手涂鸦，在日记本里写过一部略显稚嫩的武侠，宫廷深深中的宠公主，年少时目睹两国交战，在鲜血中看到亲人惨死，从此收起性子，淡漠至极。后来，她脱下华服，离开故国，一个人，一把古琴，踏上敌国。再然后，她在一次险境中爱上一个冷酷的杀手，然而他却是仇敌的义子，那种惨烈的撕心之痛在仇恨面前，化作了滔天的罪孽。最后杀手背叛师门，与她一同长眠在相思花纵情凋落的时节。

仔细想想，自己真的不擅长写皆大欢喜的故事。诚如友人所说：你外表文雅贤淑，热爱美好的事物，一支笔，却温柔中刀尖锋锐，砍得男女主人公生死茫茫，从不曾花好月圆把家还。

暂且承认自己下笔冷漠了些！但是你没体会那种看书看得因为结局悲惨一边哭一边想：这作者才是我的榜样，我以后也要写这种故事，然后又泪眼婆娑地咬紧牙关看下去的感觉。嗯，我十七岁看沧月的《雪满天山》大概就是这般状况。

黄金周快要来的时候，我和好友有过许多计划，预备着一路至景德镇，去瑶里看制陶，浮梁品茶，再抵达婺源，最后过长江，登黄鹤楼。没承想，计划不疾而终，假期一晃无影。孩子感冒，在这个本就凉飕飕的季节，着了寒气。半夜时分，那小小的身子从被窝里坐起，剧烈地咳嗽，小肩膀一抖一抖的，眼里还有泪滴下来。我瞧着心疼，竟然恨不得承担那些苦难，熬了几个夜晚，总算好转。而自己，也悄悄地着了深秋的道。

春来秋深，流感肆虐罢了，竟怨得这节令，何其无辜！

忘了在哪里看到一句话：就算步入绝境，也要一只手挡开笼罩的阴云，一只手在挣扎中草草记录周遭的一切。那样，你终可以看到不同，也许也比别人看得更多，而那些独特的风景足以让你从容应付生活周遭。

生活啊，即使平淡寡味，也是能抵着寒风看到美好的。毕竟，可以学学刘禹锡"自古逢秋悲寂寥，我言秋日胜春朝"的阔达。

于是，便又能如网络里流行的那样"太阳便升出水面，春天风吹来花信，夏夜星河倒悬，秋天有大雁渐行渐远，暖阳在冬雪初霁时闪烁金边，这样的尘世，你说，怎么可能只有苟且"？

迷上的作家许冬林同样也有句话深得我心：人生啊，允许在光整庄严之间有一回小小的潦草，小小的理不清，允许在逼仄紧密的日子之外有那么一点舒朗开阔，可放马灵魂。

所以，又何必苛求完美呢，就于这深秋寂寥中，独自低吟岁月，一袭披肩抵御薄凉。

你看，起风了，校园里的桂花无遮无拦地开，露越发重，请你多着衣裳啊。

傍晚时分，骑车去接孩子放学，秋风瑟瑟中，有朋友致电而来，问我在哪里？随之他带了一坛子茶叶候在幼儿园楼下。瓷坛是古朴的赭红色，开盖有淡雅的香味，竟是红茶。

武侠故事中，公主大仇得报，男主随之赴黄泉，相思花落尽时，一切幻象消失，不过都是一场幻境，公主常年修炼幻术，古琴起，长剑出，她用自己的一生，在炉火纯青的幻术中引人入瓮，敌人，爱人，还有自己。

故事虚无，深秋寒重，人生却足够温情，如那坛寒秋里的红茶，你说呢？

雪比生活慢

日历上写着：大雪。

雪，这个字诗意而清美。

关于雪的诗句很多，比任何一个节气都多，大抵诗人们都爱这份晶莹剔透，于是施施然地研了磨，落了笔，吟唱出动人的旋律。

你看"片片互玲珑，飞扬玉漏终"是一种洁白，"寂寥小雪闲中过，斑驳轻霜鬓上加"是一份伤感，"愁人正在书窗下，一片飞来一片寒"是一份孤寂与落寞。

那雪啊，飞啊飞，就飞进了每个诗人的心里，久久不愿融化。

不过，我所在的这座南方小城是不下雪的，那种白，难得一见。因为罕见，于是越发期待。

大雪时节，天气极冷。风从半开的窗户刮进来，我不由得瑟缩。而此刻的锅里，晶莹雪白宛如小核桃般大小的汤圆在清水中翻滚，包裹的黑色芝麻隐约可见。

微信里收到朋友的信息，她肆意欢呼：下雪啦，下雪啦！那种快乐，隔了大半个河山，我在这样一座无雪的小城，都能清晰地描绘出那抹笑容来。

大雪！大雪！

一个大字，不矫揉，不造作，甚至含着轻微的傲慢，将冬天的寒意骄傲挥洒。

冬天啊，就想安静下来，躲在屋子里，大门关起，是一个人的天下。煮一壶茶，看一本小说，闲敲棋子落灯花。或者啊，有知己二三，趁着兴头来了，温一坛子酒，聊天欢笑，胡侃八卦，也是极好的。

很多年前，我认识过几个蕙质兰心的女孩子，她们会吟诗，会写文，玉指轻翘能唱戏文，低眉颔首能弹古琴，容颜清丽，才情绝绝。大雪纷飞时，我们隔着天南地北的距离，在网络上讲故事，有人一袭新衣笑意盈盈地奔向另一座城池，只为陪意中人看满天飞雪；有人在雪夜轻歌婉转，思念他乡；也有人越过一个个站台，在清冷的地铁上哭泣。当然也有人在黑夜里踽踽独行，她跟我哭诉说雪那么大，却不知道怎么回家？

少女时期的一切故事里，那是我唯一钦佩过的姑娘，一个被经史子集，古典诗词浸染过的姑娘，一落笔，便熠熠生光，后来，读她的文字多了，便能看出那背后的哀伤，浓烈得庞大得怎么压也压不住。时至今日，我仍记着她说"万千才情，难抵一纸寂寥"的模样。后来的后来，那些女孩子纷纷远去，从幽远的故事中回归生活，有人低眉柔目与幸福为伴，有人儿女双全，有人依旧寻觅远方。只有她，无影无踪，锁了空间，关了社团，像穿越回了几千年前蒹葭苍苍的渡口河畔。也只余我深深祈愿，她早已放下了那些浓烈的哀伤，幸福生活，不再彷徨！

曾有一首歌叫《2002年的第一场雪》，当旋律飘起时，常年无雪的赣南终于飘起雪花，那个时候，大雪飞舞，落满了校园的每一个方寸之间。我从偏远的乡下，到了县城，正上初中，一个人住校，是一个孤僻不爱说话的女孩子，和室友疏离，常常独自一人。眉眼之间都是从骨子里透出的自卑和惶恐。被同班男生的恶作剧耍过，被漂亮同桌的小心机伤害过，也被室友有意无意地嘲笑过，当然也在课堂里罚站，全班的笑声快要把屋顶掀翻……

雪下起来的时候，宿舍里沸腾起来，她们拿了桶，脸盆，装了满满的雪，揉成小团，在学校宿舍楼下的花圃里打雪仗！我站在走廊里呆呆地看，破天荒地，她们唤了我去，我至今也记得，那雪透过毛衣，挨着皮肤，冷上心头的样子。

那一年，距离高中遇上把我从暗影中拉出来的语文老师还有整整三年！

距离我遇上网络里才情横溢，告诉我，一支笔不能只写悲伤，生活需要欢笑的姑娘还有整整七年！

距离现在即使藏于人群，也用无尽努力告诉别人，确信自己会是闪闪发光的珍珠的自信样子还有整整十五年！

多么难挨的时光。苍白，无助，天是灰的，连纯白的雪都是助纣为虐的帮凶。

可很多年后，身在赣北求学的我突遇大雪，那时临近毕业，我在外实习。大雪匆忙而来，冻住了田野，山川。回校的道路冰封，公交停运。我却能悠闲地待在实习地简陋的厨房里煮一碗鸡蛋面。还有什么比内心的丰盈和强大更重要呢！多少事都像天气，慢慢冷，慢慢热，然后又过了一季。

汤圆吃完了，留下的几颗在玻璃碗里已经凉透。我看一眼窗外，是静的，突然想起一首诗：绿蚁新醅酒，红泥小火炉。晚来天欲雪，能饮一杯无？

风雪飘起，屋子里有酿好的淡绿的米酒，烧旺了小小的火炉。而我也想和晚年隐居洛阳的白乐天一样轻轻问一句：能否一顾寒舍共饮暖酒？

愿光芒偏爱人间

这是一个略显清寒的早晨，薄薄的阳光铺洒下一道浅浅的亮光，没有风。京城的官家园子里，有曼妙的着了新衣的侍女穿庭入院，捧了醇香的美酒，精巧的鲜果。祠堂里，平常一身官服，早早便上朝的大人破天荒地换上更为隆重的家常服饰，领了妻妾儿孙，乌压压地朝着祖先的牌位跪了一屋子。祭祖，大人把这看成一件极其重要的事，容不得下人马虎，因为他觉得这些年官运亨通无非是逝去的祖先的庇佑，所以流程一样也不能少。而在高墙的外面，大街小巷里，更多普通的百姓则用自己的方式燃了香火，祈求家人平安与生活和顺，这，是太平生活里，一种盛大的热闹。

当读到《后汉书》里的"冬至前后，君子安身静体，百官绝事，不听政，择吉辰而后省事"时，脑海里就幻化出上面那样一幅场景。一边想象的时刻，一边就发觉苍茫萧瑟的冬，因为这突来的喜庆，一下子多姿多彩起来。

君不听政，军士待命，边塞闭关，商旅歇业，亲朋各以美食相赠，相互拜访，欢乐地过一个"安身静体"的节日。

那个节日，我们把它唤作"冬至"啊。

昼短夜长的冬至。温暖的冬至。

　　你看，节气多美啊，像烟火岁月里的诗。那是饱含智慧的先人们俯瞰万物，于自然中提炼秘籍，天时地利人和，为物候贴上生动的标签。从此草木向荣，大地有序，稻花香里，谷粒皆黄，青草池塘，以及红的樱桃绿的芭蕉。

　　是哪个作家说：我们不能没有除夕的年饭、新年的爆竹、清明的扫墓、中秋的赏月，没有了它们，就没有了我们的日子。

　　然而当旧年的风俗逐渐被健忘，这人间啊，照样风生水起，热闹异常。

　　圣诞节即将到来，无数的商家开始瞄准时机，于是大街小巷开始弥漫起打折促销抽奖的活动，处处一派喜气洋洋。

　　早晨，骑车，沿河边街道穿过一个个红绿灯，带孩子去参加一个圣诞节亲子活动：蛋糕DIY。孩子其实兴趣不大，大概是男孩对蛋糕总没有女孩子感兴趣。

　　赣南的冬天历来阴冷，这几日倒暖了不少，但依旧给孩子戴了帽子，围了围巾，毕竟轻薄的寒意还是有的。幼儿园和银行联合组织的活动，总有它的潜规则。做蛋糕之前得办理银行的卡，已经开了很多个银行的卡，其实再开也没关系。孩子上个学，活动总得参加不是？然而，当我登记完信息，在柜台前等候那段时间，我便彻底地恼怒了。

　　第六分钟，孩子开始对我说：妈妈，我要出去做蛋糕。我说：快了。第十六分钟时，他在柜台前窜来窜去，一脸不耐，我耐着性子安慰。第二十六分钟时，我问工作人员好了没？忍住没有发脾气。第四十六分钟时，我找来大堂人员，质问为何我开个卡要四五十分钟，她们连连说抱歉，那时，孩子越发焦躁，而我也第一次发了脾气，差点投诉。第五十分钟时，我说我不办了，工作人员抱歉地说：真的马上好。可是，几分钟后，电脑卡机了，尽管她们一脸歉意，但我依然不曾谅解。等到终于办好，我看着满大堂拉着孩子排队的家长，好心情也不复存在。

　　做蛋糕的过程极快，奶油，水果，用具均已备齐，无非自己动手操作而已。孩子明显不高兴，那里并没有他感兴趣的东西：圣诞树，手工蛋糕。之前银行的工作人员逗过几次，他都没有回话，出于礼貌，我简单地交谈，然后还十分配合地拍了照，直到离场时，工作人员赠送了圣诞苹果和一套卡通学习工具，他总算是真正开心地露了笑脸。

你看啊，其实生活总有那么多的委屈，可是我们最后也能感受愉悦。

去了儿童中心，买了心仪的玩具，逛了超市，睡了午觉，和大哥哥大姐姐一块清扫街道，听故事，看隔壁的姐姐画画……快乐占了一天的大多数，于孩子而言，多多少少都是幸福。

但是大人不行，因为快乐越来越少，生活越来越难。就像很多个日子以前，当你忙完一切杂乱无章的事情以后，还能于微小的谈话中领悟到一些别样的声音，大抵不过是你过于年轻吧。你看，你看，年轻竟然都是一种错。

很多年前，我和一个要好的朋友，凭借优异的成绩考进这所学校时，并没有在集体中感到融洽，也许是真的娇小老实的模样，常常被当作刚刚毕业的学生，也被领导大声吼过：你听不懂话吗？甚至有一次，和一位同事共住休息室，在宿舍里，被无缘无故说我一个年轻的女孩子怎么素质那么差？拿了人家床上的东西。而我居然百口莫辩，初来乍到的那个星期，我们不止一次讨论过这个集体给予的冷漠。不止一遍后悔过曾经的选择。课余时，我们也说忍着吧，总能好起来的呀！

后来啊，我的朋友，在一次教学大赛中，从年级赛，校赛，到县赛，市赛一路拿下第一名的成绩。他回来后十分平静地说：不管是幸运还是实力，我过后，只希望下次就轮到你去试试。我点头说：好。

一个多月后，我参加写作大赛，拿下一等奖的证书，给好友打电话，突然就掉了眼泪，像一段从不曾与人言说的秘密，突然泄了洪，私心里觉得所有委屈都放大了无数倍：凭什么我们年轻就可以无缘无故被大呼小叫，厉声责骂！

因为明白世间人情冷暖，因此格外珍惜他人的肯定鼓励喜欢或者称赞，就像珍惜寒冷的冬日洒下的光。

请问，你，愿不愿意成为我的光？

漫漫冬日祝君安

薄薄的宣纸上，有一枝素梅，枝上九朵梅花，每朵九个花瓣，数一数，恰恰九九八十一瓣。

冬至开始，每过一日，便蘸了胭脂染红一瓣，一日过完一日，待得宣纸上一片红花潋滟，就是春江水暖，春暖花开，莺歌燕舞的时节了。

若要填一填古时的《九九消寒图》，放至今日小寒之际，便是"三九"，素手一挥，描下的是冬日最冷的一笔。

作为一个生来就畏寒的姑娘，冬的冷，让人无处可逃，羽绒服，棉靴子，厚厚的围巾，帽子，口罩，暖手宝，暖身贴全副武装，即使垫两床盖两床被子，依然觉得不够。那种透骨的冷意蔓延开来，终于逼迫得我华丽丽地感冒了。

病痛这种东西当真是予人警醒的良药，在一切纷繁复杂的工作与生活里，那些蛰伏的毛病悄然生长，于某个日子造访，赐予苦药，挣扎，眼泪或者脆弱。它提醒着你身体的机能并非你想象的那样坚不可摧。而在那些看不见光明的黑夜里，一切辗转反侧，难以入眠远远比他人的夸赞艳红的荣誉优秀的成绩更重要。诚如人们所说，你对身体所有的辜负将以疼痛附加而来。

当我意识到这些的时候，牙齿的疼痛已经通过拔除得到缓解，口腔缝下的针线还有一天才能拆开，轻微感冒引发的劳累依旧让人头晕眼花，以至和朋友打电话时，觉得眼泪快要不受控制地流下来，这种从骨子里透出的脆弱已经多年不曾展现。然而多么庆幸在那些一个人单枪匹马满腔孤勇担负起生活重担时，除却爱人最大的宽容和心疼时还有那么几个友人在你一路繁花的过程中，看到你的荆棘与磨难，然后予安慰，予鼓励，予陪伴，予默然支持和有力的双手、明亮坚定的眼眸。

小寒，是寒冷的，像生活里的所有滴水成冰的日子。可是冰能消，雪能融，天会暖，花会开。

不过一幅《九九消寒图》的距离罢了。

一笔，一笔，慢慢地写过去，急不得。

我取了冰箱里十几颗黄澄澄的金橘，敲下一小块冰糖，在锅里煮沸，然后一勺一勺地喝下去，方才觉得略微暖和了些，咳嗽短暂地消解片刻时，心情便是这般好。

遥远的北方下起了铺天盖地的雪，这座赣南的小城飘起冷冷的冬雨，淅淅沥沥地毫不见停的架势。微博里，一直喜爱的博主正雪里寻梅，皑皑白雪中，红梅朵朵，煞是动人。无怪乎"十四番花信风"的说法里，梅花一枝居首位，冰天雪地里，幽幽开放，曼妙可人，严寒风雪哪里压得垮？

你瞧，像不像人生，满身风雪付诸流年，终能划破冰凌，迈过苍凉，开出拍案叫绝的美！

所以啊，熬过去，春和景明，草木破土，饱满的绿色就能应邀而来。

至于这寂寞的冬，慢慢走，慢慢走，就好了，走遍寒冷，即使无人作陪！

然私心里，我希望你们都有人陪伴，有人分享喜悦，有人承担悲伤，有人陪你黑夜听雨声淅沥，有人陪你冬雪煎茶，有人陪你铁马踏冰河，饮一杯岁月的酒，了却一桩桩轰轰烈烈的心愿呀！

如果没有，就生个火炉，养只猫儿，围炉看猫儿打盹，然后笑靥如花。

毕竟小寒极寒，但心不能寒！

如果你依旧觉得漫漫冬日无可期，那么，待家乡的小河畔，梅花开满枝丫，素浅姑娘折下一枝，送你可好？

不知，看到这个浅浅的冬日之约，你的心有没有欢喜起来！

嗯，小城无所有，聊赠一枝梅！

烟火俗世

　　葱白猪肉馅的饺子在锅里尽情翻腾，妈妈弯腰在灶膛里添了一把柴火，锅里便咕噜噜地冒起水泡，一颗一颗的饺子开始胀起肚皮，浓浓的肉香味瞬间弥漫开来。

　　直到熟透了，盛在纯白的陶瓷碗里，显得饱满而诱人。

　　妈妈盛了一碗，笑盈盈地递过来说：吃吧！

　　寒风瑟瑟，外面是萧瑟的冬，屋内却一室温暖。

　　这一年，旁人均夸我是坚强勇敢的妈妈，左手忙工作，右手带孩子，单枪匹马一腔勇猛好似小小的身躯能担千斤之力。当然，我自己也确实这样认为，除却偶尔的心情低落或者孩子碰上头疼脑热，再者工作无暇分身，一个人会觉得生活疲乏到脑袋瓜儿疼想要肆意宣泄外，大部分时间，我的的确确把自己切换成一个有蛮荒之力的女汉子模式！

　　除了，在妈妈面前。

　　好像还是个无忧无虑的女孩子，可以一觉睡到日上三竿，拉开窗帘，就能看到外面天光亮眼。可以躲进书房，闲闲地看几本书，可以去阳台给花儿浇水，看它们肆意生长。或者什么也不做，就坐在院子里吃零食，发呆。

妈妈坐在椅子上剥豆子，准备晚上给孩子们熬汤喝。我吃完饺子起身去帮忙，她就柔柔地问：学校里工作累不累？我说：挺好的！她又说：那就好！然后就停了，又忙碌地剥豆子。我心里细想：就算加班到天昏地暗，我也是不愿意告诉你的。很久，她又说：还想吃什么，明天做点带走。我说：不用，马上都放假了呢！她说：哦！那也好，放完假回来做。

随后，我带孩子去家门口的小路边玩耍，孩子们嘻嘻哈哈地堆城堡，妈妈便在桃树下劈柴，一声一声柴块啪啦裂开的声音传来，有一种烟火岁月里最安稳的力量。

远处，邻居的表婶扛了大把的黄元柴在稻田里，那是赣南农家冬日里常见的一幕，多是些栀子树，黄瑞木以及我叫不上名字的植物，她们将之烧成灰，开水过滤，用来浸泡糯性十足的大禾米。米蒸熟成饭，饭再拌灰水，晾干再次蒸透置于石臼之内，选十几名力大的男子，用木棍捶打，捣烂，然后揉成均匀的黄粿。小时候，我常常坐在高高的凳子上，看父母近邻们在我面前呼啦啦地转，他们一边转一边吆喝，或开个玩笑，说说收成，或相互打趣，声音粗犷，偶尔兴起，彼此大笑，小小的我眼睛滴溜溜地盯着石臼，只想问：好了没，好了没？那黄米的清香盈盈，把一个年幼的女孩子馋得无可救药。

念及此，我在河对面冲表婶喊：婶，你做的米粿有我的份儿吗？她回：有啊有啊，够你吃个饱好不好？我就笑嘻嘻地点头。邻居舅妈听着我在小路上大喊，站在院墙角好笑地问：春儿，好久可没见你了。啥时回来的！我说：今天，就今天呢！然后我笑嘻嘻地看孩子们玩耍去了。

捡了平整方块的小石子，在潭面上打"水漂儿"，河沿的芭蕉树上，结了两大串芭蕉。我说：好在没打重霜，不然可就坏了。妈妈听见我的声音笑说：待会我就拿钩子给你取了来！我突然就觉得，怎么每次一回家，自己就成了远近闻名的小馋猫了呀！

傍晚时分，爸爸说几日前，对面人家挖土铺路，于河边撬起一块石碑。于是，搬了小竹椅坐在路边，瞧得兴趣盎然。孩子们不感兴趣，照例追逐打闹，婶子和妈妈围了过来，笑道：你这文化人，看看。扶贫组的那些人说是几百年的碑文了，对吗？我乐呵呵地说：是呢是呢，可有两百多年的历史了。

那是一块乾隆三十三年，村人集资复建石桥的石碑，碑文还异常清晰，——刻录了251年前那些人的名字，当真是一个久远的故事。

晚饭时分，我坐在餐桌前，一边吃饭，一边和爸爸聊天，我说：这真是家门口那桥的碑文么？老爸说：可不是，就那里还留有两块大青条石呢？你们小时候可喜爱站那踮起脚摘李子！我说：那怎么跑上游去了，不是水往低处流吗？照说也是水把它冲到下游啊？妈妈附和：是啊，可邪乎呢？水还会把它冲到上游去？爸爸瞪我们母女俩一眼：你们晓得什么，原来开荒，修路，筑房等，把那倒下的石碑运到上方又不是不可能。接着，老爸就一个人又说起小时候的事。我静静地吃饭，实在不想再去打断他，省得他又说：你晓得什么！哎，我当真啥也不晓得呢！！

日子，要是这样就很好，什么也不晓得，一日一日地过！慢慢地，寒冬变成暖春，萧瑟变成繁茂。年年岁岁，大红灯笼挂起，又是新的一年。

人，如此渺小，即使轰轰烈烈，挨过无垠的时光，也不过是大浪淘沙中，挖出的一块厚重的石碑。然而，又觉得，人生，也可以尘世烟火，活出朴实动人的美。

一年就要过去，这一生，我们都应尽兴，赤诚善良，有甜食和热汤，也有书本和远方。

瞧，大寒尽，立春来！

第二辑　人间滋味

　　岁月里，那抹金黄串联起了我幸福的童年，也绵延不绝地，惠及我人生的每一段旅程，父母、兄长也好，爱人、孩子也好，我们相依相伴，彼此关爱呵护，构筑起幸福美满的生活，这生活，因为枇杷，更因为沉甸甸的爱。

茶事

　　我爱茶，却并不懂茶。

　　既无法通过色泽区分茶的新旧，也无法闻香识别茶的优劣，我只是喜爱那种喝茶的感觉。而且为了让自己可以更加懂茶，我选购整套茶的书籍恶补理论，也搜罗各式茶叶仔细品味，然而许是自身味觉过于迟钝，朋友那据说从云南高价得来的红茶与邻居老人家新做的农家茶在我面前，我居然品不出任何不同。

　　我安慰自己，有什么关系，有一腔热爱就行了！

　　于是，得闲时会在夜晚煮一壶茶，一边读书一边喝茶，茶叶在杯子里尽情舒展，时光便一点点慢下来；也会在早晨煮鸡蛋，加了作料，从坛子里抓一把茶叶撒下，于是满室茶香。

　　喝茶越久，越热爱这样的时光，那茶香，轻飘飘地穿过我那被繁杂的工作，被复杂的人心堵塞的日子，平淡的生活更是有了不同的韵味。

　　喝茶，是急不得的，要静下一颗心来，也不能畅饮而下，当作饮料一般直接进了口，要抿，缓缓地品，品到忘了忙碌，忘了喧嚣。

　　某个雪夜，应朋友之邀去茶庄喝茶。那是一个嗜茶如命的人，千里迢迢去武夷山看茶展，也为一罐好茶跑滇南，每年必去景德镇，只为一个好茶杯，便向烧窑老师傅拜师学做瓷器。她有一套纯白的茶杯，轻薄纯净，上书"有真意"三字，书法飘逸，是她自己的笔迹。

窗外是簌簌的雪，小颗粒，色泽晶莹的那种，肆意地敲打着窗。窗内，灯火辉煌，壶里的水咕噜噜地冒着泡，坛子开盖，取茶叶，冲洗，再烫泡，倒入茶碗，最后入茶杯。我看着她用无限的耐心完成着这一道道烦琐的程序。心，一点点地沉浸下来，寒冬时节里，周身居然有说不出的暖意。

这是一个曾经活得像娇艳的玫瑰花般的女子。家境良好，在体制内，有着体面的工作，却也张扬热烈，可以努力学习不让自己后退半步，可以拼命加班到深夜不会抱怨，然而对着许多并不公平的升职以及投机取巧的工作成果总有着自己的见解，慢慢地，就成了他人眼里的另类，太过执拗，不知变通。同事们都背地里言说她那样的性子，迟早被上司炒鱿鱼。然而，最后，她没有被炒掉，而是潇洒转身，主动辞了职，开了茶庄。

至此，一个风风火火的职场女性脱了高跟鞋，一身中国风的禅意茶服，拇指食指轻捏，温温婉婉地就喝起茶来。我们聊生活，聊工作，也聊当前的状态，她说她喜欢这样的光阴，茶，让她改变，也让她有了新的追求。

这种追求便是她每年会把茶庄的部分收益邮寄到偏远的山村学校。

"我愿意活得像茶叶，在杯子里绽放，升腾。"她说。

记得有一次，参加一个宣传工作培训班，奇迹般地安排了一场采风活动，去一个偌大的茶园采茶。四月，清朗澄澈的天空下，满山坡的绿无尽蜿蜒。从车上下来，走过一段山路，那绿就近在眼前了。包了小头巾，系上蓝色印花围裙，别了小篓子，活脱脱地成了当地的采茶女，跟着主人采茶去。

嫩嫩的茶叶在枝头俏丽，那么新鲜，那么可爱，绿盈盈地在阳光下发光发亮。茶园的主人，细心教我们采摘，只取一芽一叶，说这样做出的茶才嫩。于是，连绵的绿色里，一垄垄茶树间，就有了灵动的影子，手指在茶树上跳跃，小小的芽儿离开枝头，钻到了篓子里。

新鲜的茶叶不能久留，我们便送到山下的茶房加工。一口大锅，高温翻炒，这叫杀青，再揉捻成形，继而干燥，山坡上的嫩芽在奇妙的转化中悄然变成了茶，从阳光下发光，到唇齿间留香。

原来，熬过高温与摔打，生命终能以另一种方式缓缓拉开新的序幕！

瓷白的碗里，茶叶在涨开，我品着手中这杯春日的茶水，抿一口，涩中回甘，不觉地想起雪夜下喝茶的友人。

人生有许多的路，姹紫嫣红，生活也有无尽的选择，五花八门。唯有忙碌喧嚣中，那一丝执着，一点真诚，可以滋润我们的心田，在精神的土壤里，徐徐绽放。

我突然觉得，我有些懂茶了。

祖母的月季

老家的庭院里，有一丛月季，月月开花，周而复始，家人喜欢叫它"月月红"。

我许多记忆都留在了老家的庭院里。孩童时，我在月季花前奔跑嬉戏；中学放学回家的傍晚，搬了凳子在院子里闻着花香做数学题，练毛笔字；再到更远的大学，偶尔碰上假期，才跨越几百公里的铁轨回一次老家，每次看到院子里的那丛月季开得赏心悦目，霎时，那颗想家的心一下子就填得满满当当的。

而在这些年少的伴着花香的画面里，总有一个熟悉的身影存在着，是祖母。她总是或站或坐在月季的旁边，拿着花洒，给月季花轻轻地浇水，有时又拿了长剪子，低下身子，耐心地修剪多余的枝条。她做这些事总是很小心，不急不躁，慢悠悠地像对待一件艺术品。在祖母的精心管理下，月季花越长越繁茂，花也开得越来越绚烂，那红通通的花成了方圆几里的村庄里最亮丽的一抹颜色，多像红火日子的向往。

年轻的女孩子总是爱美的，看电视上的明星们红色胭脂，朱唇丹蔻，当真羡慕得紧。可惜，乡野中哪有那奢侈品。母亲自然没有，逢年过节时从上海回来的表姐倒有，那脸上的胭脂真亮丽，配上微卷的发明媚的脸，我们几个女孩子竟看呆了。于是瞒了祖母，偷偷采下绽放的月季花，躲在院墙角，拿了白瓷碗，寻了好石头，仔仔细细捣碎，一心想要做出红艳艳的胭脂来装扮稚嫩的脸庞。结果是那么幼稚，我们被祖母成功抓包。

历来慈祥的祖母看到月季花被糟蹋了，脸色难看得吓人。祖母站在我面前："遭罪啊，简直遭罪！"她气得嘴角直哆嗦，伸出巴掌就要往我身上抽，最终又半路停下。我抬眼望过去，祖母的眼神里竟是从未有过的哀怨，她移步到那围满半个院墙的月季前，抚摸着那被摘去花朵的梗儿，眼里还有泪珠在打转。那个傍晚，祖母就这样看着那一丛见叶不见花的月季，沉思了许久许久，连罚站的孙女儿也忘了。

至此，我才得知，那丛月季是祖母当年嫁过来没多久时，祖父从邻镇挖过来送给她的。祖母爱花，祖父便寻了花来，几十年过去，在祖母的照顾下，花儿越发茂盛。

后来，祖父离世，剩祖母和月季相伴。悲伤之余，祖母对月季更加悉心呵护，就像呵护着世界上最心爱的事物，她一遍又一遍地修剪打理，清除残枝，浇水施肥，月季花开的时候，满院落都是清香。而祖母，总是站在月季花前，那眼神像看一个心爱的人儿，充满无限的眷恋。

那次之后，我不再随意碰祖母的月季花，反而每天随在祖母身侧，她准备浇水，我便很快地拿了洒水壶，接了满满的水递给她；她想修剪，我便奉上剪子；她要施肥，我便递上勺子。花儿开的时候，祖母陪着我在花香中写家庭作业。我有时出神，祖母便幽幽地说："要用心啊，只要用心，就有好结果。"

我就这样陪着祖母和月季，一年一年，从少女走向青年。花开花落，直到，祖母也离开了。我开始了每周回老家伺候月季的任务，开始将这份爱延续。

而今，月季又开，娇艳迷人，淡淡香味中，弥漫着："爱是一种传承！"

一树一树地花开

教书的学校有桂花开始恣意盛放。

浓郁的香味带着沁人心智的速度弥漫开来，终是停了批改作业的笔，噔噔噔地下楼，五厘米高跟鞋撞击地板的声音夹杂着慌乱而急迫的触感。

我在仰望，为一树花开慌了心神。黄色的挤挤挨挨的如米粒般大小的花朵冲我露出笑靥。有学生把装满花瓣的手塞进我的口袋，想要叱喝，却忍了，那样清澈的眸子，带了笑，如玉。并且，学生历来是不怕我的，说了也是颓然。纤细的手指伸进口袋，触摸到那零散的花瓣，一朵朵，棱节分明，身心温暖无比。

以为看着便够，不承想竟与同事玩起攀折花枝的把戏，摘了几枝极为细密的桂枝，寻了个"有花堪折直须折，莫待无花空折枝"的借口，便心安理得地插在办公室的桌子上招摇过市。

生来就是爱花的女子，母亲曾说，我出生时，春意渐浓，花朵齐放，于是给我的名字也嵌入了那春花烂漫的情感。母亲也是爱花的女子，兰，是她的最爱，不是那种纯正的兰，而是开在山林中的野兰。她曾挖了十几株，植于盆中，却并不见怎么悉心照料，也甚少浇水，然而花倒开得极好，细碎的白色小花矜持有度，叶细长而青翠。其次，她爱芦荟，一种易活的常绿草本植物，叶狭长，披针形，边缘如锯，她养了一小盆，放于茶几之上，清爽可爱。

我秉承了母亲骨子里对于植物的喜爱，小时候，家门前有整片整片的凤仙如火如荼地开，白色，深红，粉红，淡黄，整个庭院都成了花的海洋。我会小心翼翼地摘下，细细捣碎，涂于小小的指甲上，这成为我那时最热衷的游戏。长大后，看着饰品店里琳琅满目的指甲油便会忆起小女孩时代整片的花海，现在，再无迹可循了。祖母说门口的那一朵朵明艳的月季是她初嫁来时，从路旁移植过来的，前几日回去，它开得极好，红如朝霞。

我曾念书的学校有白色的茉莉静悄悄地开。

我曾千里迢迢奔赴武汉，看过一场漫天樱花零落如雪的盛景。

我曾在高三，所有人忙着高考的深夜，记叙了一段关于国恨家仇的江湖情事，故事里的女子死在相思花纵情凋落的时节。

我曾在一个无名的小镇看过流动如瀑的紫藤萝。

我曾收过一束学生送的淡蓝色纸质花朵。

……

其实，所有的花类，我偏爱水仙。"借水开花自一奇，水沉为骨玉为肌"，寒冬腊月里，一勺清水，几粒石子，便亭亭玉立起来，通身洁白如玉，雅致馨香。

某日，读一本西方著作，不禁得知水仙的花语竟是"坚贞的爱情"。悠远的希腊神话里，虔诚的人断言：不坚守爱情之人，必受天神责罚。捧着书本的我微微震惊，片刻不由释然。

女子，当如水仙，清清和和，爱，更亦似水仙。

不知道你记不记得一个唤林徽因的女子，她说：你是一树一树的花开。

一树一树地花开！

一片橙香好风景

　　轻轻地划开纸箱，黄澄澄的脐橙便映入眼帘。我知道，又是家乡的第一批新橙采摘的时节到了！

　　一路求学工作，常年离家辗转他乡的日子，每逢冬风刮起，我总能收到这样一份来自家乡的脐橙，多年未间断。而每当想起家乡，心底便弥漫起那诱人的只属于黄澄澄的脐橙的清香。

　　家乡赣南被誉为"世界橙乡"，细雨如丝的阳春三月，一棵棵脐橙树就像个贪吃的人儿，吮吸甘露，接受阳光，沐浴和风。它们伸展着四季常绿的枝条，一片片翠绿可爱的叶子在雨中招摇，在风中舞蹈，在雾里欢笑着，闹腾着，疯长着。一垄垄脐橙树之间的过道里，是包了头巾，弓着身子施肥的果农。施肥，修剪，惊蛰时节的这道程序显得极其重要，像父母担忧年幼的孩子头疼脑热一样，农人们担心这片绿油油的园子刚冒出的花骨朵儿染上虫病。

　　在农人精心地呵护下，缓缓地，缓缓地，便有一朵朵花儿从翠绿绿的缝隙里悄悄冒出来。白的瓣，黄的蕊，那么娇小，那么诱人，那么可爱。在夏天的雨水逐渐散去，秋天的风吹来时，那朵朵白瓣黄蕊的花儿就开始凋落，橙树开始变起了奇幻的魔术，枝叶间霎时多出一个个绿绿的宝石，镶嵌在绿色的大衣上。

年少时，我常跟在父母的身后，穿梭在这一片片绿色的小天地里，他们施肥，我便拿了小铲子帮忙；他们修剪枝条，我便仰起头，看剪刀在阳光下飞舞。对于这一片园子，父母必须拿出十二分的精神去伺候，因为它关乎着我和哥哥来年开春的学费。而我，显得比父母更上心，是因为我馋极了那酸酸甜甜的味道。

那样一个物资匮乏的年代，哪里舍得吃这精心伺候出来的成果，精挑细选的果子自然要用来卖钱，次果才会被递到孩子们手中。而年幼的我们，即使是次果也觉得美味极了。甚至那充斥了童年时代酸酸甜甜的味道，让我很长时间都觉得世上好似只有脐橙这一种水果。

待到秋雨过后，一个个浅黄的小皮球终于笑嘻嘻地跃上了枝头。立冬一到，脐橙已经足够黄了，熟了，满山坡熟透的脐橙，挂在繁枝翠叶间，有调皮一些的，便探出半个身子来，对着你笑脸相迎。那场景，引得它的主人都笑嘻嘻的。

然而，童年时期的印象里，父母脸上的笑容并不曾有多少，即使很好的年成，也因为条件的闭塞，脐橙总卖不了好价钱，即使跌一毛钱，都能让他们的心情落到谷底。要是碰上黄龙病，那整个冬天都是绝望的！而看着父母的脸色，我觉得连我肖想了许久，父母递过来的那精挑细选的大果都酸了十分。

我一度以为，所有水果，都应该像脐橙的味道一样。直到伴随着脐橙带来的欢喜与忧愁，我走出那片绿油油的大山。在各大商场，品尝过各类水果，有的酸涩，有的甜腻时，才发现，脐橙的味道，只是童年的味道。

前年返乡，随着扶贫政策地实施，道路拓宽，那陪伴了我童年的脐橙，也开始帮着家乡的人民走上致富。田间小路，人来人往，轰隆隆的卡车，拉着一筐筐金黄的脐橙滚滚而过。每年举办的如火如荼的"脐橙节"

吸引了世界各地的供销商，这些脐橙销售到全国各地。曾经用来换取孩子们学费的脐橙，换成一座座洋房别墅，换戎了一辆辆汽车……脐橙，只是水果，可在家乡人心里，却早已是生命之源。

　　而我此刻，剥开手中的脐橙，晶莹的果肉送进嘴里，那甜津津的滋味，又一次把我带回了家乡的那一片橙园。

桐花入梦来

　　我喜欢桐花，乡野之中每到初夏便渲染出一整片洁白世界的桐花。

　　老家的房屋后、河岸边、山头上，桐树这里一棵，那里一株，静静地伫立着。它不张扬不献媚，高大的枝干光秃秃地沉默，比起那已经覆满枝头翠绿色泽的桃李，是那么其貌不扬。只有等清明的软风夹带着湿雨和它来一场邂逅，方才缓缓地冒出花来，那枝头的白色中蕴着浅浅的红，像胭脂淡淡，恰到好处。

　　山前屋后，它太寻常可见，即使那花开得刹不住车，白花簇簇绕着村子，也把整个世界都调亮了几分。而在田间地头忙碌的我的父亲母亲、邻家叔伯们俨然成了这白色画框中摆动的线条。老牛缓缓，握绳的父亲随在后头，一声一声吆喝，翻起的泥土，在来来往往中变得柔软，假以时日，丰润的春水会滋养出嫩嫩的禾苗，那是父亲的希望。而母亲凭着一把锄头把宽整的菜园子变得生意盎然，青绿一色，她粗糙的手小心地抚过已经冒出嫩芽的豆苗，一定笑得欣慰极了。

　　桐花那么盛，它和这繁忙的农事一样，热热烈烈地进行着。于是便宜了我们这帮孩子。年少时，我背着母亲做的碎花格子背包，去村里的那所学堂念书。傍晚放学后，浸在课本上的小身子霎时就松了绑，任谁也阻挡不住那雀跃的心。

家对面有座小拱桥，桥旁边有块大青石，一株桐树立石边，那就是我们的游乐场。跳一种花样百变的绳，捡了石头往水里打"水漂儿"，等到累了就在大石头上坐一圈，你靠着我我靠着你，做许多不切实际的梦。风一来，桐花纷纷往下落，女孩子们便伸出手去，接几片又递到嘴边一吹，那花瓣便轻悠悠地飘起来，然后轻悠悠地落地。一地桐花似白雪，许多年后，吹花的小女孩才得知原来这桐花又唤"五月雪"。

田野是除学堂以外农家孩子的主场，春天挎了小篮子去田里挖野菜，彼时桐花还没开，也无叶子，只有一束束枝丫延伸开来，而且树皮皲裂，当真丑得很！我们在田野里挖一下野菜，打一下滚，等时令的野菜已经从鲜嫩变得开花再也嚼不动时，那桐树好似一夜之间就施了仙法，冒出满树的花来，雪白的覆满整个天宇。花一开，孩子们可高兴了，那撒欢劲儿足得很，因为开花、长叶、结果，等桐树长满桐籽时，挖野菜的篮子就换成捡桐子的背篓，在大树下的草丛里寻找。桐子晾干，再送到镇上的收购点就可以换来几张钞票，那钞票我们总是掰了手指头来来回回地数，仔细思虑是买喜欢的糖果还是一包饼干。

年少的快乐啊，来得那么真实，竟是那一棵棵桐树带来的。

这桐树其实就是油桐，不是泡桐也非梧桐。这些均唤作桐树的植物直到长大后看过南京城里绵延的梧桐和他乡成片的泡桐时，我才知晓，它并不是陪伴着我长大的那一种。梧桐高贵，泡桐可制家具，唯有油桐朴实地落到乡间，视线所及，随处可见，不能做房屋栋梁，也不能在工匠手中化作上好的家具，即使作为柴火也禁不住让人抱怨，不能熬，受不住猛火，一刹那的工夫就成灰了。唯桐籽，被榨成油，桐油作为油漆、油墨的优良原料，大量用于建筑、机械、兵器的防水防腐涂料，也可医用作呕吐剂，农用作杀虫剂。

据说桐油刷过的板子十分牢固，旧时农家婚宴，陪嫁的物件诸如木桶，木盆之类，用桐油油过，结实无比，十分耐用。唢呐声声里，不知道新娘子看着这散发着桐油的陪嫁之物，是不是心里也会百转千回，默默许愿，唯愿这婚姻也如此，长长久久，永不破损。

桐花开了桐花谢，当年的小女孩从少女走向成熟，也做了新嫁娘，随着时代的变化，现代塑料制品已琳琅满目，母亲没有用那桐油刷过的木质家具作为我的陪嫁。可是，我与先生，相识在五月，那样花开繁盛的五月，有桐花一簇簇，立在枝头。我带他回了长大的村庄，我们从雪似的桐花下走过，桐花清新而动人，像极了爱情。

又是一年春来到，等风浓一些，再浓一些，就会满山桐花开了！

而我，竟好多年不曾看过家乡的桐花了。也不知今夜，它能否入一个思乡人的梦里来？

母亲的菜园子

被席卷而来的疫情困在城市那方寸之间的厨房时，我格外想念起母亲的那片菜园子！

菜园很小，却有四季变换的风景：春天，菠菜嫩嫩的，韭菜青青的，包菜像个大圆盘，顺着木架子往上爬的藤蔓上挂满了绿色小月牙般的雪豆，蒜苗也应该长的很好，当然也有大棵大棵的白菜，拔一棵冲洗干净，锅里热油翻炒，那味道可好了。

夏天走进园子，有红通通的番茄，拳头大小压弯了枝条，茄子青绿可人，辣椒打着卷儿垂挂下来，黄瓜是嫩绿的，苦瓜占满一整个篱笆，玉米的长须尤其可爱，连一垄垄的姜苗都显得那般有姿态。

秋天则有圆滚滚的冬瓜、南瓜，这里躺一个，那里躺一个，悠哉游哉地晒太阳。

冬天，一垄垄的土地上埋着肥胖的白萝卜、苗条的胡萝卜，等白萝卜洗净，用竹片成串成串地挂起，在屋檐下一排排晾着时，母亲又沉默地扛起锄头开始深翻土壤，清理杂草，以备来年耕种。

母亲耕种土地，呵护菜园总会用上十二分的精神，翻土、施肥、拔草、浇水、打虫，每一样都要花些工夫。因此年少时我看过最多的便是母亲在菜园里劳作的身影，那时疯玩，上山采野花，下河捉鱼虾，玩到一身筋疲力尽，回家不见母亲，便在家门口远远地唤一声："妈！"准保能从那菜园子里传来母亲的回答，她从高大的藤架下直起身子，定定地瞧着我。于是，我便急冲冲向母亲奔去，她会从绿盈盈的架上摘一根青翠的黄瓜，递过来。多数时候我是在菜地旁的小河边冲洗一番便塞进了嘴里，黄瓜青脆，咔嚓一声，眼角都是笑。有时也耐不住性子，掀起衣衫，用衣裙内侧胡乱地擦几下，便送进了嘴里，母亲连阻止都阻止不住。

黄瓜是要搭架子的，苦瓜、豆角也是。因此，每次到了它们的藤蔓开始攀爬时，母亲都要选些树枝来搭架子。我们自然也去帮忙的，扶住那削得尖尖的树干，母亲便用锤子把尖的一端一下一下锤进泥土里。有时我们也会帮着浇浇水、除下草，但是帮着帮着便会出乱子，比如把水瓢举过头顶，纷纷扬扬地下场"人工雨"；比如锄着草又瞄见了一两只叫不出名字的小昆虫啦，然后铲子一扔，看虫子去了；有时瞄见一只花蝴蝶，便从这头追到那头，甚至把母亲刚种下的菜也给踩坏了。我们添的这些乱子总会引起母亲的呵斥，但多数时间我们并不在乎，因为母亲的呵斥不是很严厉，甚至还带着微微的纵容。因此，我们跟随母亲在菜园的时光很多很多，我们看着春天播下的种子长出嫩苗，也看着承载着沉甸甸果实的木架一次次更换，直到在母亲辛勤的汗水中，我们飞奔向外面的世界。

飞向远方世界的"门票"自然是来自母亲那满园子菜蔬和瓜果的馈赠。母亲种的菜好，我想在她眼里，这园子一定通晓人性，付出的多一些，得到的回报也更多。所以，每次那新鲜的蔬菜到了集市上总是兜售一空。除了卖，母亲的菜也送人，邻居的表婶、对面的阿婆，母亲从不吝啬，因为朴实善良的母亲，我们也总能吃到别家的新鲜蔬菜或者时新果子。那和睦而温馨的邻里关系远远不是我后来住在城市的单元楼里与邻居的关系可比拟的。这经过母亲双手呵养起来的蔬菜维系着一个家庭经济的来源，也维系着一份最朴实真诚的人与人的情怀。

那小小的菜园子啊，是母亲的一方天地，她挥洒着汗水，默默耕耘，终于换来丰收的喜悦，也创造出幸福的未来。

菜一年一年地种，我一年一年地长，那供养着我生活的菜蔬里全都是一个母亲深深的爱。

"妈妈，我想外婆了！"厨房里，我的思绪被孩子的声音打断。陷入回忆里的我茫茫然有片刻回不过神来，等我低头瞧了瞧刚从楼下拎回来的超市配送的蔬菜包时，突然间，鼻子一酸，竟流下泪来。

我在心里默默地说：等到疫情过后，我一定在母亲的菜园子里再当一回曾经捉蝴蝶的那个小女孩儿！

桃花开在心里

春天，一想到要去看桃花，心里就欢欣雀跃起来。

三月的犹城，有个开满桃花的村庄。村庄很小，一条小河悠然穿过，把村民分成两拨，一拨在这边，一拨在那端。还有一座桥，不知修于何年何月，暂且唤它为古桥吧。当河边的垂柳冒出新芽，细细的腰肢在风里招展，然后渐变成嫩绿再被一刀刀裁剪成狭长状；当屋前屋后的小菜园里，突现一片金黄，油菜花的花朵引来不知名的蜂儿青睐时，那座古桥就一下子热闹起来。

从周边的县城或者更远的市里驱车而来的人，让小小的村子变得沸腾起来，哦，他们是来看桃花的，看这河岸的十里桃花。

满目皆是看花人，我也是。

一棵棵桃树上都是花。含苞的，怒放的，有的端然，有的妩媚，粉红粉红的颜色，散发出淡淡清香。树枝上，一朵朵，各有各的姿态。你看，那含羞带怯的像个文静的小女孩，那明媚张扬的像个爽朗的大姑娘，她们开在春风里，开出喜悦，开出甜蜜。那美，竟丝毫不懂得隐藏，像恨不得使出全部的力气，铺满田野，铺满山林，铺满整个温柔的春天。这一开，让冬日蛰伏的人们走出家门，只为看一眼她，让蜜蜂从遥远的地方飞来只为绕着她打转。一阵春风吹来，朵朵桃花摇啊摇，那花瓣便纷纷扬扬，花下有穿了花裙打扮得像个小公主的女孩子欢快地呼喊：天女散花啦，天女散花啦！

桃花啊，真真是春天酿出的美酒，醉了蝴蝶，也醉了赏花人一颗萌动的心。

一颗心被桃花拨动又何止你我呢？懒洋洋让人发困的春日，杜甫缓步而行，遇一簇粉红，他轻轻地问"桃花一簇开无主，可爱深红爱浅红"；晚开的桃花追不上那芬芳的春，可依旧有自己的风格，白居易默默地怜惜"一树红桃亚拂池，竹遮松荫晚开时"；隐居辋川的王维不再忧虑，山居的美景治愈了他被官场伤透的心，他欣喜"雨中草色绿堪染，水上桃花红欲燃"；时间流逝，年华如水，终不敌初见，袁枚想着春后凋谢的红花，他赞叹"残红尚有三千树，不及初开一朵鲜"。桃花啊，她是春天的使者"竹外桃花三两枝，春江水暖鸭先知"，她是美人的象征"南国有佳人，容华若桃李"，她是倾述的忧愁"风急桃花也似愁，点点飞红雨"，她是淡然的内心"桃花流水窅然去，别有天地非人间"。

这桃花，在诗人的笔下，穿过时间的洪流，开在这小小的村子，依旧那么娇艳，那么迷人。装点着春天，也装点着我们对美好世界的期望。

现在，桃花已不再是零星地占据乡村的房前屋后。为美化环境，许多城市的道路两侧开始种上桃树，一到春日，桃花齐齐开放，城市都生动了几分。更有甚者，人们开辟整片荒地，遍植桃树，精心打造成新型的旅游场所。桃花还做糕点，可酿酒，做护肤品，桃花衍生的产品清雅迷人，总能吸引着无数的人注目，尤其是女子，总是依恋着桃花的。

那些故事里，大概，最迷那场桃花笑春风吧？"去年今日此门中，人面桃花相映红。人面不知何处去，桃花依旧笑春风"，两百多年前的那个春天，都城南庄桃花开，独自游春的崔家公子为讨一口水喝，敲开了一户人家的柴门，也敲开了一段美丽的爱情。

递水而来的她，轻纱罗裙，红晕醉人，让讨水的崔护痴痴地丢了心神。

这心神一摇曳，便抹不去了，第二年春，他来寻她，却见柴门紧扣，红颜无迹，于是留下诗句，郁郁离开。故事到了这里，凄美得让人无奈，人们终究不舍得这桃花般的爱情戛然而止，于是给了一段美丽的结局：归家的少女见诗后，一番相思，恍惚度日，终撒手而去，崔护无意间得知一切后，前去吊唁，泪洒当场，哪知女子灵魂有感，死而复生，一段刻骨的爱情回归圆满。改编的故事极其唯美，女子也有了美丽的名字：绛娘。舞台上，结尾是十里桃花，一路红妆，美丽的绛娘与英俊的公子笑颜灿灿。

桃花的故事其实很多很多，女子出嫁，与桃花连在一起，是诗经的"桃之夭夭，灼灼其华，之子于归，宜其室家"，说的是出嫁的女子就像盛放的桃花一样，妖娆动人。东周有美人息妫，因倾国倾城，容颜无双，称桃花夫人，而这桃花般的美貌能引起两国交战。还有明末一段才子佳人悲欢离合的故事，主人公秦淮名妓李香君血洒宫扇，扇面恰是盛开的桃花，像一个女子的热血情怀。

吟咏桃花的诗句，回顾桃花诗篇的故事。我站在这灼灼桃花树下，望着桃花的样子，好像自己也成了故事里的人物，是赏花的子美，还是忧郁的香山居士，或者是落考的崔家公子呢？我是否辗转了三生三世，才在这满树花丛中，闻一朵花的香。

其实，我是更愿意成为那个一叶扁舟，沿溪行，夹岸数百步，然后见落英缤纷，误入桃花源的武陵人哪！

春日融融，光阴可人，小小村庄的赏花人依旧舍不得离开，这河岸的片片嫣红留住了他们的脚步，也留住了他们的心。

我，也不舍得离开，这桃花，开到我心里去了，我的心里，也种了一片桃花源。

春天的向往

　　赣南的春已到，温度却不高，总反反复复地冷，不出门困在家里的日子在倒春寒的光阴里被拉得很长很长。

　　早晨，去学校值班，碰上一场雨，缠缠绵绵，且伴着冷风。我打着伞，雨滑落下来，有些还调皮地沾到脸上来，是微微的凉意。

　　沿着林荫道一路往办公室里走去，湿漉漉的地面上，略不平整的路面便多出一个个小小的水洼，被吹落的叶子在里面打着旋儿，我小心翼翼地走，恨恨地想，若这雨水浸湿了鞋子，那真真是恼人的事情。这一思来，心情又糟了几分，直到我的目光越过雨帘，瞧见了那高大的树枝上挺立的朵朵嫣红。

　　其实准确地说，我是先看到了掉落在地面的几朵花苞，尖尖的，黄色的薄薄的外衣包裹着粉紫的蓓蕾，那么玲珑而紧致的样子，多像一个小小的笋。一共两朵，落在花坛的空地上，沾了雨水，还染了泥，真是遗憾，这美好的生命竟来不及绽放就凋零了。这紫玉兰啊，怎得偏偏就与风雨斗，终会落败啊。

　　我抬头准备迎接我料想的场景，哪曾想偏偏看见一树的紫红，一朵朵开在雨中的玉兰花如同大大的杯盏朝着天空，她们张开所有的花瓣，承受着风雨。那薄薄的花瓣上，沾满雨水，可依旧挺立着，一片紧挨着一片，像生死相依。有些没有开，还是花骨朵儿，可是不见丝毫畏惧，反倒是有一种别样的勇敢与坚强。咬紧牙关啊，咬紧牙关，坚持下去，就能等到绽放，我好像听到了她们低低地交谈和打气声。这本该开在春风暖阳里的紫玉兰呵，就在这样一个冷冷的下着雨的早晨，坚守着，忍耐着，竟让我痴痴看呆了。

我不是没有见过这株玉兰开花的模样，多是在阳光普照的时候，开得极其热烈。这株紫玉兰栽种在李苑的门口，有李苑自然就有桃苑，这是学校两栋五层高的宿舍楼的名字，并排而立，取了这样两个名，暗含着桃李满天下的寓意，偏偏楼前花坛不栽桃李，栽了含笑、山茶、海棠、玉兰等植物，高高低低，错落有致。待到花儿灼灼时，总吸引爱美的学生在这里流连。午后，也有扎了红绸带，系着红领巾的女孩子在花坛边的石凳上背单词。我常常疾步行走，只粗略看过那样一幅盛景，春日和风，书声琅琅，窗外一树玉兰花，垂丝海棠静静地开。待得铃声响起，从教室里跑出来的孩子让整个校园都沸腾起来，那此起彼伏的欢叫声，把鸟儿吓得振起翅膀，把玉兰惊得张开花瓣。

若没有这场疫情，何曾有过这样静悄悄的时刻啊，空荡荡的校园，少了孩子的欢笑，教室里是整整齐齐的桌椅，黑板上还留着年前最后班会的板书，连玉兰，都选择这样默默地开着。

我又抬头去看玉兰，这样静默地独自开着的玉兰，在这个寂寂无人的早晨只被我瞧见的玉兰，顽强的玉兰。

风雨侵袭中，她没有被打败，她开在枝头，开出蓬勃的味道，亭亭玉立，像满怀信仰的勇士，在这个略显寒冷的早春开出了一番惊天动地的美。即使是那两朵被打落在地的花苞，也美得那样惊心动魄，她们落在花树下，定也会融入泥土，化作春泥更护花。

有什么可以挡住一棵花对春天的向往呢？就像有什么可以挡住一个

民族面对灾难时的勇往直前和同舟共济呢？

　　肆虐的疫情啊，像风，又像雨，席卷过来，按下了暂停键的城市一下子静默，生命是那样脆弱，好像一不小心，就会被侵袭被撞击被打落在地。可是，在那重重的雨幕中，在那静默中，却走来一批又一批的人，他们披挂上阵，为民请战；他们逆风而行，义无反顾；他们负重前行，把生死置之度外。他们是医生，是警察，是党员，是社工，是志愿者，他们是一个个风雨中挺立的士兵，是一个个超人，挡住病毒的河流，筑起一道坚固的堡垒，撑起一片安宁的天空。

　　爱在，希望就在，逆行的勇士啊，总能战胜病魔迎来春天。待得疫情尽除日，便是百花齐放岁月静好时。

　　"咬紧牙关啊咬紧牙关，没有什么挺不过去。"玉兰树下，我好似又听到窃语，是玉兰，还是灾难里的我们？

　　雨更小了，我抬头去看紫玉兰，一朵朵玉兰，积蓄着力量和热切的盼望，那么美，那么饱满，像把利剑直指天空。

　　我知道，春天要来了。来得那样猛烈，那样肆意，待明朝，一推开窗户，就草长莺飞了，就姹紫嫣红了，就，山河无恙了。

最是春光好

　　赣南的春日极美，目之所及都是明艳动人的春色。

　　经历了一整个冬天的沉寂，枝丫上那一小撮一小撮的绿色被风这么轻轻一拂，就突突地绽了出来。那风是那样温柔，没了深秋的萧瑟，没了寒冬的冷冽，那般轻盈，那般柔美，她吹过山岗，山就灵动起来；她吹过小河，水就清甜起来；她吹过原野，草就青翠起来。好一派春光摇曳的画面！

　　果园里，一棵棵果树铆足了劲，吸收着春天的甘霖，李树、梅子树、桃树全是花，都是美丽的娇俏的，一朵朵都那么明亮，那么诱人。无论绽放的还是含苞的都像在致意，向这春日的雨水、轻风和晨雾致意，也向那果树间穿梭的朴实勤劳的农人致意。时间再缓缓地走一段，不过几个夜晚，那一朵朵花儿便会完成一场盛大的魔法，翠绿绿的叶子瞬间站上舞台，再之后，会有小小的果子冒出来，如此娇小，如此可爱，保准引诱到一大群小孩子站在树底下巴巴得等它长大。

　　公园里，湖堤的柳也是温柔的样子，就这么静静地垂立着，又娇柔又羞涩。旁边的花坛里，迎春、樱草、山茶、杜鹃齐刷刷地上阵，连紫荆也不甘示弱，满树的粉紫洒下来，竟让人移不开眼。晨练的老人家，慢悠悠地耍太极，一收一放，一呼一吸间，喷出的都是清晨的花香。还有年轻的女孩子，换了春装，颔首低眉里，都是春天的风情。三三两两地，背了书包的孩童，跳跃着，嬉笑着，洋溢着蓬勃的朝气，走在这万紫千红的景色里。

校园中，几株玉兰在春雨中静默地开着，红红的，那么好看，有眉目清秀的女孩子在花坛里找寻四叶草，玉兰花在头顶轻轻地摇，有时候掉落一两片，她伸手去捡，那红色的花瓣，衬着孩子的脸，真是和谐。花圃里还有几株垂丝海棠，也开了小花，素雅清丽。还有鱼池，鱼池边有高大的月季，月季下是一大片含笑，锦鲤在游，月季在开，含笑散发香味。

当然，这样美妙的景色，自然少不了孩子。他们在哪呢？河岸的草坪上摘野花的不是么？跟在大人后面蹲在果树下捉小虫的不是么？操场上正伏在同伴背上嘻嘻哈哈地是在干什么呢？哦，原来这个游戏叫"骑马打架"呢！

春光好呵，一切都耀眼起来了。

一切也都灵动起来了啦，好似，好似只有这样肆意的春光，这样动人的欢乐，才是生命里不断向前的坚持和希望。

这春日，这春日，当真是最迷人的时节！

枇杷黄，惹情思

赣南的五月，枇杷已黄，一大串一大串地挂在枝头，那样多，那样密，累累金黄成了主角，绿叶反倒成了点缀。

每每瞧着那满树的枇杷，味蕾不自觉地就被勾引，剥开那黄色的软软的外皮，里面是多汁的果肉，轻轻尝一口，满嘴甘甜，那清凉的滋味真真让人无法割舍。

家乡老屋的旁边就有一株枇杷，枝干碗口大小，枝叶茂密，许多枝条延伸开来，使得整棵枇杷树占据了好大一片地方。枇杷树边也栽了其他果树，李子、杨梅之类，还有几丛芭蕉，一株板栗。

每到立夏前后，成片的水田开始泛起透亮的光泽，一垄垄嫩绿的秧苗以齐整整的姿势等待着农人把它们均匀地分布到农田中，接下来，它们将在阳光和雨水的呵护与滋润下使劲生长。在刚刚插完秧苗的水田旁，勤劳的乡农们还会挖一方形池塘，放入春天孕育的又小巧又可爱的鱼苗，当然，鱼苗能健康成长最好了，那么冬天便有几斤重的大鱼可收获，不过要防的就是漠漠水田上空，一大群一大群飞来的白鹭。

但，这都是大人的事，对于孩子而言，那青山绿水中，白墙黑瓦的屋旁高高的枇杷树上一枝压着一枝的金黄果实才是他们心底最重要的事情。

李子还青，芭蕉未熟，杨梅小指头一般大小，至于板栗，更是奢望，满树都是刚开出的长长的毛茸茸的花。这春夏之交的时日里，能解馋的唯有一树枇杷。

孩子们自有办法，灵活些的爬树，跟猴儿似的，笨拙些的就站在树底下，用钩子别了矮枝，伸手摘几串，女孩子们一般是站在树下，巴巴望着树上男孩子的，偶尔也指挥几句"那边，那边""哎呀，要摘上边那串，那串最黄"。我，自然就是站在树底下的一员，树上则有比我年长七岁的哥哥，在一众男孩子中，他爬树的功夫算是极好的，因此那树上最漂亮最大一串的枇杷总是被他捷足先登，每摘一串他便小心地放进身上斜挎的小布袋里，等到袋子已经鼓鼓的时候，他又像只猴儿似的溜下来，然后在我直勾勾的眼神里掏出来捧到我的面前。我常常等不及，甚至不必清洗，剥了皮，便扔进了嘴里，然后一脸满足，哥哥会揉揉我的脑袋，然后牵着我回家去。

有一次，因为吃多了枇杷，闹肚子，哥哥还被父母狠狠地责罚了一下。甚至还被下禁令不许带我到处乱窜，然而这些自然是唬不住我们的，第二日，我们仍去，摘的比前一次还要多。不过，我们聪明地选择吃完再回家。酸酸甜甜的枇杷，和哥哥的笑容，就这样组成了我童年最难以忘怀的记忆。

求学离乡、成家立业，人生的步伐迈得越来越大时，我好多年没有吃过家乡的枇杷，那每咬一口都叫人留恋的滋味也越来越淡，直到身体有了一个小生命的存在。我常常抚摸着肚子，和他说话，感受他的跳动，心里也欢喜起来，也许是因为孕期的反应，人的味觉也变得复杂，极其嗜酸。有一次，竟出奇地想要吃枇杷，先生无奈，便大晚上跑超市买回了一大袋子，那果子那么大，那么黄，诱人极了，我迫不及待地要尝尝。然而，等真正入口，才发现甜腻到吓人，哪里是我要的那种呢？我多想吃那种乡野之中，人们栽种的土枇杷啊，酸酸的，带着一丝丝甜，想得大半夜差点流口水，也辗转反侧不能成眠。直到第二天，先生驱车去了郊外的乡下，为我寻来了几斤那种小小的，黄黄的枇杷，他说"这次保准你满意，我亲自尝过的，酸极了"。我一尝，还真是。先生还说，卖枇杷的是位老人家，因为自己的枇杷略酸，大家尝了都不乐意买，碰上先生这整个市集找酸果子的人，还好心的送了一斤呢。我吃着枇杷，看着先生那脸上的笑容，竟又回忆起小时候和哥哥一起摘枇杷的情景，这黄澄澄的果实啊，不是记忆里的那一捧，可是，带给我的却和记忆中的一样幸福和快乐。

枇杷不光味美，更美的还是那一身取之不尽的珍贵功效，果子富含丰富的纤维素，能促进儿童发育，保护视力，还能入药。即使是那表面粗糙硬硬的叶子，也可以化成治病的良方，清热、润肺、化痰止咳。枇杷制成的枇杷膏、枇杷露在药店里占据一席之地。

有一回在老家过暑假，孩子老是咳嗽，去镇里的卫生院拿了药，依旧不见好，父母比我更着急，尤其是看孩子闹着不肯吃药的样子，心疼无比。那个晚上，父亲去屋旁的那株枇杷树上，摘了几片叶子，再细细地洗干净茸毛，加了冰糖炖水，小火焖煮，也许是因为不再是苦涩的西药，孩子倒喝得精光。不过两三顿后，孩子又活蹦乱跳了，父母也由衷地高兴，不住地说"还是土方子管用，你不知道，你小时候没少喝这个呢？每次咳嗽都是用枇杷叶炖水治好的。"

我看着父母那眼角的皱纹和那发自真心的笑容，脑子里竟放电影似的一幕幕闪过孩童时的记忆，除了哥哥手心的枇杷，还有父母端过来的那碗冒着热气散发着清甜滋味的枇杷水。

人生岁月里，那抹金黄串联起了我幸福的童年，也绵延不绝地，惠及我人生的每一段旅程，父母、兄长也好，爱人、孩子也好，我们相依相伴，彼此关爱呵护，构筑起幸福美满的生活，这生活，因为枇杷，更因为沉甸甸的爱。

想着想着，我不由得鼻子一阵酸涩。

因为枇杷黄了，而我，想家了！

栀子花静静开

我曾认为，栀子花是和爱情有关的，那青春里的爱情。

"栀子花开呀开，栀子花开呀开，是淡淡的青春，纯纯的爱"这是年少时听过的歌曲，每每哼起，都是扑面而来的亲切感。

那洁白的，芳香的栀子不正像我们淡淡的青春岁月么？犹记得那时图书馆门前的花圃里，栽了成片的栀子，还没有开花的时候，只是一排的绿，没什么特别之处。等到花开，它才终于扬了眉，在偌大的花坛里，一下子就变成了主角。一朵朵花儿，串通好了一样齐刷刷冒出来，俏丽地开着，又婀娜又美丽，那白，如同在牛奶里浸过似的。当然，最迷人的还是那香味，淡淡的，弥漫开来，让人陶醉。起风的时候，馥郁的香还能从花坛里漫过楼道，溜进坐在教室里听课的我的鼻子里来。我真喜欢那香味啊，于是又吸了吸鼻子，好像夏天烦闷的课堂都生动了许多。

清幽的栀子花香里，总会晕染出穿蓝色校服，格子裙、白色帆布鞋的少女的心事。傍晚的空闲时间里，少女常常拉着同桌的手去图书馆前的那大块草坪里小坐，草坪很大，有小小的假山，常年绿意，几块造型精巧的石头错落其间，草坪一侧几株香樟，高大挺拔，另一侧则是一大片的栀子，每一株都开了白色的小花。她们背靠着背坐在草坪上，舒展双腿，看逐渐变黑的天空。在即将上晚自习的时候，便有几个抱了篮球，勾着肩搭着背的男生从草坪拐角的小径上过来。他们刚运动完，准备回去上晚自习，他们球场上的模样，永远活力四射，张扬的，肆意的，属于青春男孩最生动的姿态。

少女看的是人群里那个有着落拓笑容的男生，他穿 23 号的球服，鞋子永远是白色，一行人走路的时候，他总是单手抱着篮球，另一只手插在兜里，他们从草坪边走过，像一阵风，而她，是听风的少女。

晚自习铃声前的第五分钟，他们准时从球场路过，进入教学楼。这是个秘密，连每天被拉来小坐的同桌也不知晓。当然，那一片雪白的栀子花一定晓得，因为在那些匆忙而过的相逢里，他们的目光偶尔会相遇，每次相遇，少女便会很快地把眼神移向旁边的栀子，像在看花。多美的花啊，少女像被迷住了，有时候，还因为不敢抬头，只能狠心掐一朵，当作自己真的爱极了这白色花儿呢！这样隐秘的欣喜啊，真是恼人，不敢明目张胆，唯有托付给一丛夜色里的栀子。

回到教室里，手心里还躺着一朵完整的花儿，被同桌训斥："居然敢摘校园里的花，小心被值日老师看到，扣分呀。"于是，小心翼翼地把它夹进日记本里，可是低头一看，日记本里已经夹了许多朵了，又自顾自地笑。

那个少女，便是我，青春里的我。而那懵懂的爱情啊，在那样幽蓝的天空下，有着不可言说的美好。雪白雪白的栀子花，就这样开着，纯净的爱恋的心，就这样蔓草似的滋长着。蓝色的格子裙摆摇曳着，青春的心事跳动着，谁也不知道，又好像谁都知道，因为总是觉得那小小的花瓣告诉了风，风一定会告诉天空，天空又告诉了谁呢？会不会告诉那个纯白的少年？我总是猜，却总也猜不透。

等到光阴慢慢把故事带走，早已过了许久，长长的铁轨把我们带向不同的他乡，关于那座小城里校园的回忆逐渐远去。直到有一天，去好友家吃饭，桌子上摆了一道清爽的小菜，那花瓣像极了栀子，我询问好友，她答这是栀子。十分简单的做法，采了新鲜的栀子花，洗净，放入热水中过一遍，捞起沥干，加入作料凉拌即可。我拿了筷子，夹起一口，果真爽口。赞叹说竟不知栀子还可以做菜吃呢？好友便向我科普，其实，栀子花的作用可大了，可以清热去火，无论凉拌还是炒鸡蛋，或者烘干泡茶，抑或制成蜜饯，都是极其美味的呢！

"不过，我最喜欢凉拌，因为不改变它的味道，简简单单，就像它本身一样。"好友补充道。

是啊，简简单单，一株小小的栀子，它不争艳不夺名，只静静地开着，没有旁的花那么艳丽，那么迷人。它只有一树的白，开在绿莹莹的枝丫间，那白，干净，又静默，自顾自地散发着清香，在自己的世界，开出一个淡然的自我。

"当年，你还拿这栀子作幌子呢？"我霎时一愣。

"你以为你那小心思别人不知道么，每天雷打不动的去花坛里散步，不过是为了看别人一眼罢了。"好友一个劲地笑，直笑得我满脸无奈，后又释然。

又想起那年轻的时光，真是啊，自以为藏得好好的，殊不知，他人早已瞧透了你的秘密。

"那你怎么不说，还天天陪着我去。"

"当然是为了看你那可爱的样子啊。"好友又是一阵笑。"你知道吗？你就像那栀子花，淡淡的，可是有无尽的芳香。"

我也笑，为青春的爱恋和一段真诚的友情。

除却凉拌栀子，后来，我又吃过多种栀子花做的食物，素炒、做汤，也知道了栀子花结出的果子叫作黄栀子，是一种中药，也是天然的染料。它能治病救人，也能在人们的食物和用品上幻化出动人的色泽。老家的人们，采了成熟的果子，晒干，磨粉混入米浆，大火蒸出的一种吃食浓香袭人，我小时候总是留恋，原来，我与栀子竟是从小就相识的。黄栀子充实了我童年的舌尖滋味，白色栀子花缤纷了我的青春时光。

"一轮月影涨幽香，碧玉钗头白玉妆"，美丽的栀子花，清纯淡雅，洁白空灵，你缭绕了多少人的心房。"栀子比众木，人间诚未多。于身色有用，与道气伤和。红取风霜实，青看雨露柯。无情移得汝，贵在映江波。"温柔、脱俗的外表下，你那坚韧厚重的生命本质又让多少诗人低眉研墨，细细述说。

想起朋友说我像栀子，我真觉庆幸与欢喜啊，此生不做娇艳的牡丹，不学浓丽的玫瑰，我愿做栀子，只愿做栀子，那浮躁人世间，静静开放，拥有赤子之心的一朵栀子。

在光阴里看一朵花开

雨水过后，春天就生动起来，那种春意盎然、明朗鲜活的味道，乡野更甚。

乡下的院子外有一株桃树，叶子鲜嫩可爱，绿盈盈地布满枝头。这一大片的绿是一树的粉变化而来的。春天的乡村，总能开出许许多多的花儿，像彼此都约定好了似的，杏子树、李子树、桃子树、齐刷刷地笑起来。整个村子也都跟着笑了，这笑声落到山水画里，镶成了五彩的框儿，一抹黄、一树红、几片粉，配合着灵动的水，美极了。

一切的花儿都在开时，这株桃树偏不。她总要别的树先开，每当别家的桃树还不见花骨朵儿的时候，她就已经在风里夭夭灼灼地开着了，真像个急性子。因此我总怀疑爸爸栽种的这棵桃树有什么奇异之处，不过一看到那绿色中一颗颗米粒般大小的桃，再一想，能比邻家任何一个人都先吃到大大的桃子，那点怀疑早已不知飘往何处了。

桃花开时，我最喜欢，因为桃花一开，人就坐不住了。这一朵也好，那一朵也美，全都入了手机的镜头，每一张都美，都舍不得删除。桃树下是河，伴着水的桃花尤显得端庄迷人，拍完这一丛拍那一丛，好似总也拍不完。有时候，风一过，便有花瓣儿落下来。春日桃花，让人喜悦得很。何况比别家的都开得早，所以这种欣喜明显又多出了几分。

这株桃树的对面河堤上还有一株李子，也已开花，白色的花朵挨挨挤挤，像一树白雪。李花有五瓣花瓣，清雅素丽，远远看来，宛如一团白云。李树下，小河边，小孩子们会在河岸边玩耍，流水缓缓，笑声阵阵。若等到夏日，树上结满李子，河岸边的孩子们的笑容更加灿烂，因为满树的李子又大又红，味道很甜，而往年我总去摘的。

梨花，自然也是要开的，而且一开起来乐腾腾的，引来了蜜蜂，引来了蝴蝶，那梨花白比李花还要明亮。每每看到梨花二字，只觉得说不出的动人，总让人不由得想起那些关于梨花的句子，什么"梨花淡白柳深青，柳絮飞时花满城""水晶帘外娟娟月，梨花枝上层层雪"，还有"柳色黄金嫩，梨花白雪香""三更月，中庭恰照梨花雪"，连美人的哭泣都要说"梨花一枝春带雨"，而辛弃疾的忧愁更是染上了梨花的白"梦回人远许多愁，只在梨花风雨处"。

我常常遗憾，家门口原有许多梨树，可惜因为造房子，父亲砍了几株。因此纷纷扬扬的梨花雨，再也看不到，不过无妨，离家不远的另一个村子，有千树万树梨花，每到春天，如同白雪世界，我每年必去观赏。一去，便心花怒放。

家常的果树开花外，田野里，小路边，更是有数不清的野花，紫地丁啊，婆婆纳啊，菜园里就更多了，油菜、雪豆、萝卜、韭菜，没有什么不开花？整个菜园子都被花儿打扮得生机勃勃的。

花开了，心情也就好了。何况这特殊的春天！

疫情当前，真真无处可去，最好的时光无非天气晴好时，在院子里看书，写读书笔记。桃花灼灼时，我看毕淑敏的散文集《预约幸福》，这位从医的作家是我极喜欢的，文风朴实，多是生活真意，细细品来，总能读出豁然开朗的滋味。

生活啊，也该这样，平平淡淡，看花开，等风来，然后，明明朗朗一片天。

　　多希望，疫情尽去。待绿色满山岗，到时一伸手，我从桃枝上为你摘一颗脆脆的桃，就好！

不再回来的小圆

  想起小圆，缘于一条唤作来宝的小狗。它全身的毛都是白色的，一双眼睛灵动又可爱，因为出生只有两个月的缘故，总喜欢在地上打滚，因此格外受孩子们的喜欢。

  小圆，也是一条狗，一条黑色的土狗。但因不够漂亮，毛色不够让人惊艳，初来乍到的它并没有得到我的喜爱。父亲把它带回家里的目的是看家，那个时候的乡下，几乎人人家都会养一条狗看家护院，因为家禽很多，需要凶猛的狗来制止老鼠、黄鼠狼的作乱。

  然而，我并不觉得父亲带回的它能够让我们放心，那略显脏兮兮的毛，圆滚滚的身子，实在和父亲所说的跟它那看守林场的威猛的母亲没有丝毫相似。

  于是，在那个冬天，我们围着火笼子烤火，它把胖乎乎的身子也蹭过来吸取温暖时，我随手甩了个"小圆"的名字给它。

  来到家里的第一年，除了把本就有些圆的身子吃的更圆外，它几乎没有干过任何大事。每天的生活是和家里的鸡大眼瞪小眼地对峙几十分钟，就为了点食物；或者悠闲地躺在太阳底下挠痒痒，偏过头去咬身上的小虱子，可是嘴没那么长，虱子没咬到就一直打转转，一瞬间又滚成球；有时也跟去地里刨土，我们挖红薯，倒不知道它挖什么，两个爪子不断地刨土，刨一会耍一会，没个正经；还有就是我每周回家时，往我的身上扑，那时，我在县里的中学念书，每周回家一次。每一次回家，它都比前一个星期长得更大，唯一不变的就是那飞扑上来的冲劲和那爱藏东西的毛病。

它藏的东西，小到妈妈勾鞋垫用的扳指，大到买菜用的小篮子，它也用嘴叼着，扔到角落去。有一回我结束假期回去时，怎么也找不到前一天穿过的那双红色运动鞋，全家人齐动员，最后见院子里的沙堆上露出红色的鞋带，才挖出来，不是它的勾当又是谁的呢？

升了高中后，我极少回家。有一次晚上，妈妈打电话来，说小圆救了她一命，原来白天妈妈上山处理杂草，准备开辟出一块地方种植果树，杂草丛十分茂密，没多久，妈妈就累得满头大汗，于是横了锄头靠着一块大石头坐下来休息，谁能想到后面的草丛里游过一条大蛇。最先发现的是小圆，彼时它正蜷了身子在晒太阳，草丛里轻微的窸窣声让它睁开眼睛，然后它突然朝妈妈飞冲过去，妈妈一回头便瞬间弄明白发生了何事。最后等到那条大蛇被小圆赶走之后，妈妈那被吓坏的脸色才缓缓恢复正常，那可是近在咫尺的危险，若不是小圆，谁能料想到会发生何事呢？"小圆已经真正长成了一条勇猛的大狗了"，妈妈挂电话时，由衷地称赞了一声。

有了这一次后，我陆陆续续地又听到它许多"英勇事迹"，比如一晚上抓了两只黄鼠狼；上山猎了一只大兔子；吓跑一个满村子说大话的骗子；追在爸爸自行车后面去镇上赶集，能独自找到回家的路；跑到邻居家拽着人家的裤腿往家里带，最后发现奶奶在院子里摔了跤，于是邻居急忙通知田里干活的爸妈，才让奶奶以最快的速度送到了卫生院……

总算有了点看家护院的本事了，我心里想。可真正让我对它产生钦佩的还要属那一次。

首次当母亲的小圆生下了五只可爱的小狗崽，可能是五个孩子都要喂养的原因，它原本胖乎乎的身子竟很快瘦了下来，妈妈每次盛饭都要盛很大一盆，然而也不知怎么，它竟吃不胖了。五只小狗长得倒异常可爱，很是活泼，样子也比它们的母亲小时候好看的多。其中有一只灰色的尤其讨人喜欢，爸爸还说一看它那模样就是护林的好苗子，然而事情总是让人遗憾。快要足月的时候，五只小狗崽常常到处溜达。村里家家户户都养狗，打架的事时有发生，那天灰色的那只小狗崽不知寻了什么好吃的，正和兄弟姐妹们一块围着探究，邻居的一条大黄狗瞧见了，过来争抢，其他的小狗崽顿时四面闪开了，唯独那只灰色的不肯退让，大概是因为它最具备成为护林犬的天分，骨子里的不服输让它无法退后，于是一场争夺大战便上演了。状况很是惨烈，最后那只灰色的小狗崽趴在地上，一身是血，其中一条腿也被咬断了，爸爸把它带回家没多久就彻底地断了气。

而小圆，自从看到孩子被咬死后，便一直守在它身边，那痛失孩子的模样和人没有两样，一样的悲伤，一样的沉默。甚至，它不允许爸爸把小狗的尸体带走，那个晚上，它就一直守在孩子身边，时不时地会发出一两声痛苦的呜咽。

村子里响起剧烈的狗吠声，那是一场激烈的决斗，发生在小圆和邻居的那只大黄狗之间，前后几户人家都被这声音引到了现场。那一天的小圆，全身都是怒气，面对着凶猛的大黄狗不显丝毫胆怯，像是有什么支撑着它一往无前地往对方身上进攻，恨不得把对方撕个粉碎。眼看着愈演愈烈的打斗，人们开始小心地干预，尤其是两家主人，最后，以小圆把对方的一条腿咬瘸了为果。邻居的主人来索赔时，小圆就静静地趴在厅堂里睁着圆溜溜的眼睛瞧着自家主人，妈妈一向是与邻里都和睦相处的女人，那天竟一改往日，硬气得很，说黄狗先把那只小狗咬死在先，这赔法还不知怎么算呢？一番争执后，彼此抵消，这事算翻篇了。

不过，爸爸觉得，一条太过凶残的狗还是不好，产生了要把它卖掉的想法。

当然，爸爸是不会和任何人商量的，直到几天后，狗贩子来了家里，巨大的狗笼子运到院里时，我们才知道爸爸的目的。小圆也好像知道了什么，它直盯着那笼子，然后趴在地上，低低地叫唤了一声。那一声叫唤，让我心里不由得震动，于是，不知道从哪里来的勇气，我站在两个狗贩子面前，坚定地说"这狗我们不卖了"，两个狗贩子眼看这生意做不成，便拿了拴狗的链子过来，我轻踢小圆一脚："快跑，小圆"，它瞬间便从我们脚边一冲，溜得极远。爸爸没了面子，被卖家叨唠批评了好一顿，收的几百块钱也退了，那个晚上，我更是挨了十几年来最严厉的责骂，因为我大逆不道地说了句"要卖了它，就先把我卖了"。

小圆自此留了下来，大概我救过它一命，因此，我每次回家，它飞扑而来的热情更高了。不过，我见它的次数却少得可怜，高三毕业后，我去一个远远的城市念大学，关于它的消息就知道得更少，为数不多的电话，也被父母对我学业的一声声叮嘱占据了。但寒暑假的时间几乎待在家里，那个时候，我去哪它便跟去哪。我后来也去过一次爸爸工作的林场，见到了小圆的母亲，就是那条爸爸说很是厉害的护林犬，小圆也在一旁，竟瞧不出有什么不同，都是一样的霸气，有一种从骨子里流露出的威严，而当时的我只默默想，小时候，我怎会因为那胖胖的身子小瞧过它？

虽然"小圆"这个名字不再符合它的模样，但没有人提出要改。它已经生下不知多少小狗，那些小崽子有些很小就被人家挑了去，貌似还有两三只去到了周围的林场，也有一只被一个年长的老人挑去训练，其余的大概都被人家买去当作普通的狗看家了，至于有没有被送上餐桌的，我也不太清楚。我只知道小圆已经成了这个家庭的一员，尤其在我大学毕业工作的那几年，小圆几乎形影不离我的爸爸妈妈，不论去哪里，它永远跟在后边。

它生过一次极其严重的病，听妈妈说好像是因为吃到了有毒的东西，刚好那时它还怀了狗宝宝，身体非常虚弱，因为那场病，小狗崽出生时，有两只当场就没了。至此，它的身体不再有以前健硕，要是因为什么原因和其他狗打起架来，它再也不是胜利的那一方了。小伤无数，偶尔还会瘸着腿，沾了血迹回来，爸爸一看，它那腿上的皮肉都掉了一大块。

再之后，我的工作调动到距离家不远的地方，每天早晨我骑着小摩托上班时，它会送长长一段路，下午放学，远远地就见它跑过来。我突然又记起，我出嫁时，它也是那样跟着婚车跑了长长的一段距离，直到它的脚步再也跟不上车子的速度。后视镜里，它就那样站在路旁，看着前方，我看着它那已经逐渐衰老的身子，止不住地难过起来。

小圆像家人，会永远陪伴在侧的家人，可是那天，我在福建度假，接到妈妈电话的时候，她说"小圆没了"。随后，她哽咽不已，我脑袋轰隆一声，挂完电话，一抹脸，竟满脸是泪。

从初三它来到这个家后，我竟从来没好好算过，它已经陪我念完高中，大学，工作，出嫁，孩子出生，一晃都14年了。我总觉得，它不会走，它会一直陪着我们，然而我忘了，对于一条狗的人生来说，它总会比人的生命短。

几天后，我回到老家，再也不见它飞奔而来的身影，于是脱口问道："妈，小圆呢？"，妈妈莫名看了我一眼"前几天不是告诉了你，小圆走了么？"说完，她往厨房而去。原来，我潜意识里终归是没有接受小圆离开的。

而不过一顿午饭的时间，只见妈妈拿了盛饭的大盆，把肉汤，饭菜混合，出了家门，站在院里，大唤一声"小圆，吃饭啦"。等不到任何回应时，她好似才想起什么，慢悠悠地回来，一边喃喃："我自己也忘了，还以为小圆活着呢？"

小圆是老死，算是寿终正寝，听说，它走得很安详，早上吃过一顿饭，就在院子里踱来踱去，中午饭后，便用它最惯常的方式趴在家门口，静静地沉睡，不再醒来。

后来，我又从妈妈那里得知，把它埋葬到家不远的果树下时，很多很多年前说要卖掉它的爸爸，一直一直掉眼泪，他这辈子还从没这样哭过。

"来宝，来宝，过来"孩子们又在逗家里前几天刚买来的那条小白狗，而我静静地看着它绕着孩子打转的身影，突然又止不住想起那条叫小圆的狗。

到今天，小圆，已经离开整整两年了！

它，再也不会回来了！

第三辑　情之一字

智利、日本、秘鲁、印度。也许还有许许多多她曾经只在地理书上学过的城市，那些曾经被当作考试内容的经纬度，如今被她细细咀嚼在嘴里，停不住地念叨。因为他，那个与海相伴的爱人。

爱的情书

　　如果我问你，你现在还有写信的习惯吗？你一定会回我，这都什么年代了，科技越来越先进，生活被电话，微信笼罩的当下，哪有那奢侈的时间静下心来，提笔写信？再说了，有什么事语音聊不清楚？时间宝贵得很，电脑打字发邮件远比一笔一画来得迅速。

　　去年，认识一个文友，无意间翻她朋友圈，竟看到她在晒书信，是他先生的手笔，配文是"收情书的感觉好极了"。我不禁好奇，接着翻看，一条条动态里可知她是那种生活无忧，幸福快乐的女子，因为每逢节日，她都晒满屏的鲜花礼物，更让人嫉妒的是那些礼物的旁边都有一封手写的书信。

　　这不，七夕，她照例又开始秀恩爱，一大捧开得娇艳的红色郁金香衬得她白皙的脸都红了几分。这次她还破例展开了信，我点开认真读完，都是两个孩子的人了，她的先生居然还亲昵地称她为"宝贝"，更别论还有"在我心里你永远最美""此生挚爱"这类的情话了。于是忍不住发信息给她，打趣说"你这样不知要羡煞多少困在婚姻里的女人了？"她回了我个微笑的表情，然后问是否有兴趣听她讲段故事。

我忙不迭地答应，怎么可能没兴趣呢？这么浪漫的生活总要取取经啊。

她原是一名护士，丈夫在机关上班，有可爱的一双儿女，家庭幸福美满。然而这种美满被五年前她值夜班时的一次突然昏迷打破了。那个时候，正出差外地的丈夫，听闻妻子同事打来的电话后迅速买了车票赶到医院，一贯沉稳的他看到躺在病床上脸色苍白的妻子，竟恍惚得没了往日的神采，从来都健健康康的一个人啊，现在突然间就被告知，患有脑血管疾病，严重一点就成植物人了。他不知道怎么走出主治医生的办公室的，他不敢相信，明明前天出差时，她还做了一桌的饭菜，哦，还有他喜欢的醉虾。

后来的情况跟医生所说的相差无几，她断断续续陷入昏迷，清醒的时候，她跟丈夫说"辛苦你了"，也说"不知道什么时候就看不到你了"，那哀怨的眼神里满是难过，那么年轻，摊上这样的病痛总让人揪心，尤其还有年幼的儿女。慢慢地，她话说得少了，之前她是很多话的，在家总是她说，他听。现在，她不说了。

平时就沉默寡言的丈夫开始打开了话匣子，每天陪她说话，可是她仍然提不起兴致，尤其是每每听着隔壁又哪个病友走了的时候，那种沉默更甚。

直到某天，丈夫送换洗的衣服回家，然后在房间柜子里找干净的衣物时翻出了那个小盒子，盒子里静静地摆放着许多小玩意，多是当初追她时，他买来的，还有两封情书，叠得整整齐齐。信的内容他早已忘了，但是，妻子一定没忘，看这样子，他都能想象出她小心翼翼珍藏这些书信和玩意的模样。

最大的孩子已经六岁，他们在一起也八年了，当年他用甜蜜的语言追来的那个青春洋溢的女孩子，转身成了他的妻子，成了孩子的妈妈。而他呢，随着工作上的不断升迁，在那么多夜晚数不清的加班中，在酒桌上推杯换盏的应酬里，待在家里的她是怎么忧心地等待着他。

现在她是终于累了？所以才这样静静地躺着而不顾他们了吗？他忍不住哭了，泪掉在展开的信纸上，那里写了一句"亲爱的，现在我如何爱你，今后更甚。"

那个晚上，他想了很多很多，还驱车去了最大的一家文具店，找信纸，粉嫩嫩的颜色，是她少女时喜欢的，最后提笔写了一封信。第二天，这封信，在她醒来一眼就看到的枕头边。她读了，读着读着就激动到哭了。

就这样，像回到了很多年前，他缠着年少的她，往她怀里塞情书，而她羞涩地接过。现在，也是一样，他的信放在她病床的柜子上，放在她的枕头下，放在她夜晚吃过药入睡后他给她掖的被子下。随着收到书信的频率越来越高，连其他的病友们都知道了，每次她一看信，都一个个地蹭过来笑嘻嘻地闹。有时候，他们还恶作剧地要求男人必须亲自念一遍，当然，他们如愿了。

也许是真的因为那些信件的原因，她的笑容多了起来，治疗也越趋向良性。直到 10 个月后，她完全康复。而他，把那十个月里的习惯，一直保留。

"大概，他觉得，给我写一封书信，可以让我心情更愉悦吧。"屏幕前，她发过来这样一句话。"他只是爱你，很爱。"我回道。

纸短情长，那些浓浓的爱，化作文字，融进薄薄的纸张里，递到爱的人面前，谁的心里不长出一朵朵花苞，然后哗啦啦地开放，而这满满的爱，就是幸福的奇迹。

人生有无数磨难，我终于知道，在爱情里，和你一起走下来才是我最想要的生活，因为爱你，所以愿意让你高兴，你笑得越好，我越甘之如饴。

"从前的日色变得很慢，车、马、邮件都慢，一生只够爱一个人。我，此生最爱你。"信纸上，文友丈夫的笔迹在图片中那么清晰，那么饱含深情。

于是，我又去翻她的朋友圈，只见花儿娇艳，美人含笑。

多好啊！我在心里默默地说。然后，郑重地点了个赞。

如果，在武汉

决定去武汉，为一场樱花。

列车抵达武昌站时，是傍晚五点三十分，天色暗了。

温度骤降，长风四起，细密的雨吹打在脸上。

白衬衫，小西装，短裙，中筒靴打扮的我冷到颤抖，一次次扯着好友陌尘的手取暖。

偌大的车站，人如潮涌，我和陌尘小心翼翼地穿梭其间，这座城市的陌生让初来乍到的我们不安到骨髓里。在喧哗的人群里接到他的电话，问我在哪里。于是拉着陌尘在拥挤的空间里寻找他，是一眼就认出的，依旧是记忆里的样子，眉眼干净。

我居然放开了一直紧握的陌尘的手，穿过人群，站在他面前，那样的冲动让后来听到陌尘抱怨丢下她时的我疑惑万分。竟有丝丝错觉，不明这样隔着千山万水的奔赴，究竟是为一场樱花，还是一张容颜？

518 路公交，拥挤，躁动，沉闷。

开始想念鹰潭那座小城，总是坐在公交车最后一排位置，闭上眼，就像穿过半个城市的光景。

聊杂乱无章的话题，陌尘浅笑如斯，他亲切作答，我坦然以对，气氛和谐，并无尴尬。

找了家小餐馆吃晚饭，点了武昌鱼，只是被鱼刺卡到，无比懊恼。冒雨回公寓，冷冷的风呼啸着，蚀心蚀骨的寒冷。

他问：淋了雨，会头痛么？我摇头微笑着说没事，看他放心地离开。

却在下一秒，倒了开水，吞了药片，钻进被窝，祈祷那该死的疼痛快点消失。

其实，我和陌尘都头痛得紧，原来，风和日丽的日子惯了，一场雨就可以让人如此措手不及。

隔日早起，去往华中科技大学。天气依旧不好，凉风，夹着小雨。

跟着他的步履，一一看过华中的风景。亚洲第一，第三容量的教学楼，有斯文认真的男生倚着栏杆看英语，气势恢宏的图书馆，安静蝺立，还有，高大的梧桐，一排排，站得挺拔而坚定，我固执地喊它悬铃木。

他一一介绍他走过的小道，看过的美景，拍过的栏杆，我安静地倾听，偶尔说说我在那个小城的情况，彼此安好。

陌尘说，他比想象中亲切，我比想象中淡定，这话，果真概括得精妙无比。

他在邮件里和我提过的图书馆面前的那棵樱花快要凋谢，嫩绿的叶子在风里摇摆，地上是薄薄的一层樱花瓣。是第一次见到这种花，我心心念念的一场旅行，从一个城市到另一个城市，依然执着的念想，在那一刻平静的如一汪湖水。

他说帮我拍照，可惜自身素来喜爱拍风景胜过人像，想想，如若在漫天樱花雨里，温婉浅笑，定也是极美的。走走停停，偌大的学校逛下来，也耗了一个上午。

在华中的百景园吃过午饭后，决定去武大。看一场真正的樱花盛放。

雨开始停了。

清明时节，在外的游子归乡心切，带着虔诚和思念缅怀那些曾在身边陪伴，给予爱和温暖的人们。于是，这座城市的很多公交开始辟为扫墓专线，我安静地行走，越过一个个站台，向着那想象里的花海而去。

樱花恰值晚期，取消收门票，然而，接踵而来的赏花人依旧把武大掀起不小的波澜。

"待到樱花开放的时候，你若来，我定带你去看的"他曾经这般许诺过，而今，我出现在这个城市，他依约，陪我看一场樱花纷飞，也该满足了。

樱花树下，闪光灯不停地闪烁，每个人都企图留下最美的瞬间，那个时候，我抬头去看那些绚烂的花朵，似乎每一朵都开进了我心里，恍然间就有花海丛中不思归的心境。身边的他笑容美好而纯粹，那样明媚的曾照亮我心底最无助的黑暗的笑，让我突兀的想起那些失去的过往。

看樱花如霞，在夕阳的光影里行走在长长的樱花路上，累了，便在武大古老的建筑前慢慢坐下来，怀念那些美丽的往事。有人如此形容浪漫的定义。而今，这个城市终于以这样一种方式让我明白，所谓的憧憬远没有亲历来得重要。

隔日，被雨洗过的城市焕然一新，空气清凉如一枚薄荷。

舍不得起床，觉得在这样一个城市，有一个狭小的空间容自己安眠，温暖的光线透过窗，投射在略显疲惫却又安然的睡眼之上，然后慢慢醒来，也是一种惬意的享受。

早餐，去吃散发浓郁香味的热干面，说是那个城市的特色，于是，我便爱上那浓稠的咬在嘴里就觉得咬住了幸福的感觉。

开始收拾好东西，出发去黄鹤楼，江南三大名楼之一的黄鹤楼，是三月，李白相送广陵下扬州孤帆远影默然相望的黄鹤楼；是晴川历历芳草萋萋的崔颢的黄鹤楼。黄鹤楼位于武昌蛇山之巅，应了那句"无限风光在顶峰"，于是我在这个春光如梦的四月站在了黄鹤楼的顶层，目之所及，是这个我为之奔赴的城市，水天相连的长江，不见了孤帆，只见长江大桥上的车水马龙。

我迎着风，站在这座有着一千多年历史的高楼之上，想象着久远的时光之前，那些青衫磊落，白衣胜雪的男子就在这里把酒言欢，言笑晏晏，然后一转身，孤帆远影，遥望一段不知归期的友情。

　　从黄鹤楼出来时，游人越发多了起来，我夹在人群中间，看他们抬头时仰望的眼神，目光灼灼。然后我离开，前往户部巷，朋友说必去的地方，有名的小吃一条街。

　　去了，便后悔，那样人挤人的场面让我无语到不行，和陌尘互拉着的手总被挤开，他一直护在身侧，让我稍微放心，不会在这里走丢抑或是担心无法全身而退。

　　从户部巷回公寓的公交上，最后一排的位置，有风，有阳光，温暖无比，我睡得心安理得。

　　那个下午并没有去植物园，开满一整个春天的郁金香我们没有看见。和陌尘一块看电视，然后和他聊些几年前的往事，那些彼此熟悉的人还有曾经那个校园的景致以及一大串他并不知道的记忆。窗外的阳光甚好，我偏过头，看着身旁这个我暗自欢喜了四年的男生，还是那干净的笑容，明朗坚定的眼神。高三毕业后，这是我第一次见他，大学的时光早已一晃而过，我已不再是七年前那个卑微如尘的模样，突兀地想起他曾形容的那句"冰雪聪明的姑娘"便会淡淡地微笑，他知道吗？现在的我很好，人前拥有良好的形象，常常有人喜欢把众多美好的词汇赋予我，温婉，素雅，珠玉琳琅，玲珑乖巧。

　　这样就很好，世界，已经很明朗了。

　　张晓风说"渐渐地，就有了一种执意的想要守住什么的神气，半是凶霸，半是温柔，却不肯退让，不肯商量，要把生活里的细细碎碎的东西一一护好"。

　　于是我写着这样一些小小的文字，只因为要把一些小小的回忆珍藏好，待他日，告诉自己，一场旅行的意义。

为爱飘移

停不住的雨。从屋檐上掉下来，像停止不住的念想。

屋外是漫天的绿，很多个日子之前我拍下的夭夭的桃花渐变成这鲜嫩的颜色，晃眼得很。

旁边，有青梅如豆，是初生的喜悦。

我躺在沙发上看一幕久远时光的电影，妖娆妩媚的舒淇吐着烟圈。

冰箱里的鸡爪被我啃了个精光。嗯，假期好似让我逐渐变成一个一日三餐不沾米饭的姑娘。

我待在一个闭塞的乡下，少了车水马龙的喧嚣，也没有万盏霓虹划破夜空，但依然迎来青草幽幽，柳绿花红的春天。

曾经的学妹发信息予我：学姐，我多想成为你那样的女子。

我那样的女子？清清落落，神经质，无理取闹，偶尔不可捉摸么？还是暴躁易怒，不懂珍惜，贪心？或者不信爱情，固执，片面？痴傻偶尔精明却一败涂地？是成为这样的女子么？

不是，学姐，而是你总是让人觉得幸福。

幸福？是什么呢？

夜晚，外面依旧是雨声淅沥。灯光下，握一本杂志。微信里又遇一个大学时的学妹，再一次听到关于类似的话。

"学姐，你看起来是那么幸福。"屏幕前的我微微一愣，而后，微笑。

也许你早已记不清曾经的那个女孩子了，那个清傲的靓丽的女孩子？那个穿着六厘米高跟鞋翻墙的女孩子？那个在课堂里偷偷看小说的女孩子？那个写着忧伤的文字现实却爽朗大方的女孩子？那个周末背包旅行，奶茶只喝苹果加蓝莓的女孩子？

回不去了，只剩怀念。

但不后悔，因为现在我会变得更好，好到隐藏在任何环境里不被发现，却依旧确信自己是发光的那颗珍珠。

开始和那个学妹深谈。

于是逐渐喜欢上了那个唤我学姐的妹妹，那个为爱漂移的姑娘。

和不惧路途阻隔奔赴他乡，和不辞辛苦念着一个人，和耗尽多年隐忍一份痴恋，和太多为爱迁徙的人一样，那个女子并无什么不同。

不知道哈尔滨的现在是不是日光倾城呢？我亲爱的妹妹。

没错，我的学妹，那个勇敢的姑娘在哈尔滨，待在她十七岁就爱上的城市，独自一人。

不是她爱的人在那里，而是她待在自己爱的城市里等他。

她一个人上班下班，坐车，吃饭，看风景，散步。

她身上带着世界地图，显眼的红色圈圈标注在地图里，从一个海峡到另一个海峡，从一个国度到另一个国度。那些标注的地方，便是她日日仰望的方向。

他，那个学妹惦念的人在一个靠不到岸见不到陆地的环境里，闻着腥咸的海水，也许也缓缓地思念着她。

智利、日本、秘鲁、印度。也许还有许许多多她曾经只在地理书上学过的城市，那些曾经被当作考试内容的经纬度，如今被她细细咀嚼在嘴里，停不住地念叨。因为他，那个与海相伴的爱人。

我的爱甘愿随你漂洋过海。

不知道这样的爱情会不会很累？

当你失落的时候，当你孤单的时候，当整座城市大雨浸淫的时候，大雪覆盖日光的时候，那个人却不在身边。

你知道么？爱情除了小三外还有更大的敌人，时空。

而那个姑娘不曾惧怕，她说坚持就好。她说她愿意离爱情近一点点。

然后我就想象哈尔滨铺天的日光下，那个带着世界地图仰望爱情的女生，骄傲而从容的姿态。

妈，你希望我嫁给什么样的男子？隔日，我这般询问身旁的母亲。

她深思一会说：让你过得比现在好就行。

曾经我以为爱情就是妾如芦苇君如磐石，就是大明湖畔夏紫薇的山无棱天地绝。可现实中，感情至上的想法早已被许多人摒弃，爱情和面包，倘若无法并取，可不可以选择面包？人们总是这样问。

如果我一无所有，你会爱我吗？男生假若这般相询，便能看到有人选择沉默，然后皱眉，离开。

我看过太多朋友的爱情戏码，分手，决裂，死寂，暧昧，压抑，然后他们问我：我该怎么办呢？怎么办，我不是爱情专家。你们的爱情，你们做主便是。

除非你有我学妹的勇气，为爱，坚持到愿随你的脚步跨越国界。

近来在看叶倾城的散文集，俱是生活琐碎。这个我最喜爱的作家，文字疗伤充饥，以为脱俗到尘世之外，作品里也依旧柴米油盐，小事争吵。偶尔我翻翻朋友寄给我的那本《二三事》我就想，我愿意成为良生那样的女子，内敛自省，桀骜却也归于静默。

我愿时光一点点磨蚀我的骄傲后，自身依然美好聪慧，笑容如珠玉。

岁月请给我机会，让我成为相夫教子的平淡女子，做饭，洗衣，和一个善良安稳的男子彼此善待，互相陪伴，慢慢了结所有轰烈的幻觉和回忆。

而所有如同为爱漂移的学妹那样的女子，我愿你们从此岁月安稳，遇良人，共此生。

沉浸爱情

　　和冬天要吟"晚来天欲雪，能饮一杯无"一样，春天到来的时候便会想起那句"陌上花开，可缓缓归矣"的诗句。

　　那个横刀立马铁骨铮铮的吴越国主，搁下朱笔，扫过案台上的厚厚文牍，又想起了他那外出的王妃。

　　江南已经一派春光了，湖堤的春柳已绿，而我，也在思念你了。

　　这个在五代十国时期，雄踞一方，称霸吴越的王上，弃了通身的霸气，对着他远游的爱妃，温柔地写下了一封书信，一共九字：陌上花开，可缓缓归矣。你看，陌上的花儿都开好了，你一边赏花，一边回来呀。纸短情长，是那样温柔细致的爱恋。史书里说王妃接着书信后当即流下清泪，从娘家速速返回。何止王妃，世上又有哪个女子能够抵挡住这样的情语，就算无边春色也抵不过他眼里的深情弥漫啊。

　　也是这样春光如梦的四月，我也携了轻装，盈盈笑语地看过陌上花开。

　　清明时节的夜晚，有急急的雨降下来，火车站里，我站在拥挤的人潮里，欢欣雀跃。夜晚的列车经过一个个站台，雨打在玻璃窗上。车窗外，有忽明忽暗的灯火，已是深夜，所有人都陷入冗长的梦乡。我靠窗，一直凝望着外面黑而浓的夜，不敢闭眼，怕一闭上就会错过你的目光。恋爱中的女孩子啊，永远娇憨到让人身心愉悦。凌晨六点，急速的列车终于缓缓停下，我终于到了你的身旁，厦门，暴雨侵袭，头顶的伞显得毫无用处，我看着你被淋湿的双肩，还有你紧握着我的手就觉得，哪怕这座城市毁灭，我也不会害怕。

八个小时的列车，以及倾盆的雨，我显得狼狈无比，看着你换掉我脚上的高跟鞋，帮我洗干净脏兮兮的长发，并且吹干，然后转入厨房，做我最爱吃的面，你一声一声地催促着我吃下，并且献宝似的说你这次新加了什么材料，用了什么火候，我一口一口吃得毫不含糊，抽空看你深情的眸子，我说我说，山山水水，春风拂面也不及你的爱意留连。雨纷纷的清明时节，我日日不离你左右，每天你下厨，我瞎嚷嚷，偶尔小吵，陪你和你的朋友吃饭，爬山，逛街，拍照，追剧。

其实，只要和你在一起，就是一种幸福。可是我只有四天的假期，而四天是那样飞快的逝去，临走的那个晚上，我们去环岛路散步，也从九楼的窗台看厦门的夜色，月色很美，闪烁的霓虹灯随处可见。

隔天早上，你送我去机场，高崎机场里，人满为患。

安检后，我一个人在登机口想着你，觉得压抑难当。

万里高空，蓝天是那么漂亮，满眼的云，飞机上的牛肉汉堡很香，可是没有你做的好吃。那一刻，我在九万里的高空想你，你，也在想我吗？

空降南昌昌北机场后，我赶往航空大学，进行一个星期的培训。兜兜转转才找到正确的地址，我的同事都已经在岗位上了。日日往返于宾馆和学校之间，听课，交流，学习，偶尔和昌航附小的老师聊聊天，一天的课程结束后便闲逛，和一大堆同事在大街上抱着雕像拍照自恋，或者躺在宾馆的床上胡诌。日子过得很好，但时常没有归属感，南昌不是我喜欢的城市，这里有阴晴不定的天气，起风的时候，觉得风中都带着尖锐，直吹得整个人发痒，空气里都有闷热的气息。

学习结束后，返回赣州，在即将下火车的时候，接到了大学室友的电话，她从瓷都景德镇来到了赣州，参加公务员考试。算算，从毕业到现在，两年了，不曾见过一个大学室友，于是留下。陪她去往考点，有十里樱花的赣县。

吃晚餐的时候，接到你的电话，鼻音浓重，声音沙哑，然后你说医生说你是疑似 H7N9，我难过到心脏都疼痛，打电话给哥哥，央他去看你。朋友们让我别难过，可是怎么能不难过，我差点有把西餐厅的盘子都砸了的冲动。

若你不好，我便无趣。

爱情，可真是磨人的事情，可是，那甜蜜，又让人甘之如饴。

偌大的落地窗上，我看着自己那沉浸在爱情里的模样，竟不由得笑了。

时光知道相思意

三月，花事繁媚。

春雨来得缠绵，是连续的夜雨，也不知道上天为什么突然间就有了那么多柔软的心事，要在夜里叨叨絮絮，好似白日里会说不清道不明的样子。

连带的就是哗啦一声撑开的无边的春色。

桃花谢了李花开，苜蓿在原野里肆无忌惮。

不知怎的，就突兀地想起杜子美那句"晓看红湿处，花重锦官城"的佳句来，这般繁花开遍陌上的时分，倒恰似那"三月景，宜醉不宜醒"的元代小曲。

当夭夭的桃花谢的了无声息，渐变成通身的绿意时，妈妈折下了嫩绿的枝丫，和着春天里新长出的茅丝，放到我沐浴的红色桶里。彼时，是我出嫁的前一个傍晚，古老的农家风俗里，桃枝避邪、驱灾、是保佑亦是祝福。

于是，满世界都好像充盈着桃木的清香。我看着众多的亲戚忙碌，听着孩子高高低低的嬉笑声，觉得岁月稳妥。二楼的客厅里，新置的嫁妆上贴满大红的喜字，均是手工的剪纸，曾经觉得艳俗的红色在那样一个日子也变得明亮生动起来。

之子于归，宜其室家。诗经里描述女子出嫁的画面美到极致。不是不憧憬的，然而看着父母红肿的双眼，便失了言语。这个护了20多年的女儿转眼就分离，那样的情绪惹得我双眼迷蒙，连胸前的八卦锁都沉甸甸的似又重了几分。

我嫁给了身边这个男子，三年前这个跟我念敦煌曲子词的人，他优秀沉稳，口齿伶俐，舞刀耍剑，挥毫泼墨。同时也脾气不好，缺乏耐心。三年的磕磕碰碰，偶尔闹到恨不得彼此互掐，却也最终走到今天他捧着玫瑰，看我穿起婚纱。

原来，吵不散的才叫爱情。

我清冷淡漠，对他才低眉柔目，诚如早前自己在日记写过的感受：我知道这一生，他是我该遇见的人，逃之不开，挣之不掉，舍之不弃。朋友说：愿你们好的似何以琛和赵默笙。

我不是默笙，然我确信我眼睛里的光亮是百转千回的情愫，是满满当当的爱。

此后的岁月里，我会和他站成同一种姿态，把万般悲观艰难，都化作淡定从容。

欧阳修有首词这般唱：去不断，来无际，红笺著意写，不尽相思意，为个甚，相思只在心儿里。

嗬，时光知道相思意。

"永恒之城"见证我的想念

　　我去罗马了，那个称为"永恒之城"的地方，那个你曾答应过陪我一起去的城市。

　　飞机带着我穿越了赤道和时区，穿越了不同的海洋和国度，大片大片的云朵跟我擦肩而过，那种感觉多么不可思议，在九万里的高空，我不可抑制地想你。

　　美丽娇俏的空姐带着明媚的笑容，忙碌着；身旁座位上那名胖胖的中年男子正捧着本不大不小的杂志；后座的情侣看起来很相爱；不远处，一个富态的女人正假寐。一切安静，生活也许就是这样平静才好，是吧？如果我们的爱情也如此恬淡，会不会是种幸福？

　　"哇"的一声，富态女子身边那个六七岁的男孩在哭泣，她睁开那擦着厚厚眼影的眼皮，有些烦躁，身边的空姐微愠，但职业性的微笑并未散去。

　　我开始想睡了。

　　梦里，又梦见你。

　　我不知道睡了多久，直到突然地颠簸把我摇醒，醒来的那一刻，我以为空难发生了，你知道吗？飞机穿过云层，如果我真的从云朵之上坠落，却来不及跟你留下只言片语，我一定会责备自己。

飞机降落，我的双脚踏入陌生的土地，丝丝苍凉，机场人潮涌动，久别的情侣，团圆的家人，许久不见的朋友，只有我一个人呆呆地站着，没有人熟悉我，我也不熟悉任何人，我在这个陌生的国度里独自旅行。

微笑，背好背包，耸耸肩，行走。兑换欧元，搭巴士，找住处，吃饭。游览，拍照，写日志，以及，想念！

"有一天，我要背起背包，穿上运动鞋，带着相机和日记，去看欧洲的古堡。"曾经，我望着天空，这样说过。

现在我想告诉你，我，在意大利，罗马，街头，一个人。

这座唤作"罗马"的城市足以让人惊异，历史的沧桑年华并没有侵蚀掉它的本质，曾经庞大的帝国古城依旧傲然挺立在现代化的洪流中，接受着每一个人的仰望。我行走在这个城市的土地上，我的相机定格很多的画面，沧桑的古堡，精美绝伦的雕刻，悠闲的行人。在这里似乎看不到忙碌，每个人都以悠闲的姿态行走着，也许这也是不同于其他地方的只属于罗马的特色，真正的罗马假日。

古罗马斗兽场，一个椭圆形的号称全球最大的露天历史博物馆的建筑，一接近它，那种来自心灵的震撼让你只能屏住呼吸，以一种近乎膜拜的方式去靠近它，勇士的呐喊，观众的如雷的掌声清晰地回荡在你的脑海。

在西班牙广场上，我呆坐了好久。这里很热闹，有一种大概所有这座城市的人都会集在这里的感觉，我托着下巴。打量着每个从我身边走过的人，卖花的小贩，那是一个十三四岁的姑娘，她手上的竹篮里有我叫不出名字的花；画像的街头艺术家，修长的手指正不停地游走在画板上；弹吉他的年轻小伙；拍照的情侣；相互搀扶的老夫妻；奔跑的孩童，抽着雪茄的男人……

很累了，坐地铁回住处，不由地惊讶，如此简陋的地铁似乎不像奢华的罗马人的风格。墙壁上满是涂鸦，很想你呢？一个人在异国他乡的孤独，我找出我背包里的水笔，在地铁里写下"TI VOGLIO BENE"，意大利语"思念"的意思，这是吃饭的时候，餐馆的老板娘告诉我的。我多想告诉你，我喜欢每一次安静地想你时的自己。而你，在哪里？

无暇看最有名的特雷维喷泉，也无暇看凯旋门上古罗马英雄南征北战的伟绩。我还得去一个地方呢？你忘了吗？你也喜欢的地方，米兰，从罗马到米兰，四五个小时的火车，我快彻底地崩溃了，坐在大理石砌成的台阶上，望了望天空，原来异国的天空也可以如此蔚蓝，广场上的鸽子忽而飞翔忽而停落在地板上，轻啄游人丢下的食物，可爱极了。

而我就这样呆坐着，呆坐着，又想起你！

轻寒之念

秋寒。露重。霜白枝。

是漠漠轻寒的秋，想起那句"秋处露秋寒霜降"，二十四节气歌里的最爱的一句，从小便熟记于心的，因为两个温婉雅致的名：寒露、霜降。

轻寒之露，霜华初降，清清丽丽的平仄韵律从一个七八岁女童的贝齿里婉转而出。那个时候我倚在父亲的怀里，乖巧可人，有着一个稚子该有的美好和青涩。而昨日在家，我轻轻踮起脚尖，查看墙上的日历，发现寒露早已逝。素来就是畏寒的人，每到这样的时节，就早早地穿了长款毛衣、小靴子，一身整装待发，竟如同冬眠的小生物，着实被同事笑话了一场。

"气肃露凝结而为霜矣"。日子不断推移，待到霜降后，庭院中、小路旁、原野里，便有一簇簇明艳动人的菊花灼灼开放了吧？菊，倒真是傲霜的，无怪乎众多的文人圣贤们为这小小的一捧菊低了眉、研了墨，甘拜下风。

也是突然地想起"人淡如菊"这四个字的，彼时我还在办公室里淡淡地喝着茶，一边翻阅学生上交的作文。茶杯里茶叶缓缓舒展，茶香氤氲中，就这样蓦然地想起那个词汇。

也想起担得起"人淡如菊"四字的那个唤凌霜华的女子！

小女儿时期，不爱言情爱武侠，吃过晚饭的夜晚，搬了小凳子坐在电视机前看《连城诀》。剧情里多是些作恶多端、心机颇深的武林败类，为了一本连城诀，同门相残，反目成仇。慢慢地，终于倦怠至极，黄金时段的剧情也索性弃了，直到高中，读金老先生的原著书籍，看到那个唤"人淡如菊"的回目，至此方才发现，年少时的我竟错过了一场怎样浓烈的爱情？

闺名霜华，荆州知府凌家小姐，清雅脱俗，才华横溢，是真正的大家闺秀。在多少话本子里，那样美丽优雅的女子就该寻着个家世良好门当户对心仪无比的男子嫁了，从此为他洗手做羹汤、相夫教子一生安宁，却，偏偏涉足了江湖，险恶的江湖。

金老先生果真吝啬地很，整本《连城诀》，那样的女子笔墨极少，只活在一个叫丁典的男人的回忆里。不过，好在金老先生把千年前《诗品》中的一句"人淡如菊"赋予了她，否则于我这样矫情的姑娘，怕是对于这位武侠泰斗也心存微言吧。

那个叫丁典的男子，外表粗犷，内心儒雅，他们相互倾心，爱得平淡而规矩。一场菊花会，一次相逢，一见欢喜，因为花牵出的心事悄然开放。她每日一双素手，窗台摆花，他每日窗外远伫，赏花赏佳人，爱情，原就是淡淡的喜欢。

然而上天总是不庇佑这样默然寂静的欢喜，这场爱情的刽子手是她的父亲，荆州知府大人，因为连城诀，他用女儿做了牺牲品。渺小的爱情抵不过权势的阴谋，至此，丁典七年牢狱日日蚀心折磨，那个女子七年独坐高楼，日日摆花。这一生怕是再也没有在一起的机会了吧？那个恬淡的官家小姐勇敢地划破了自己绝世的容貌，只为免嫁他人，也免了父亲那利欲熏心的未来！

生不能相守，那么就死后同穴！霜华，最后被父亲活埋了，棺木的棺壁上是她临死前用指甲划出的"来生来世，再做夫妻"。丁典，也死了，他说"她为我死了，现在我也要为她死了，我，心里很快活"。

好像又回到了那次菊花会：我回过头来，只见一个清秀脱俗的少女正在观赏菊花，穿一身嫩黄衫子，当真是人淡如菊，我一生之中从未见过这般雅致清丽的姑娘。

武侠的江湖故事读完了，而生活的江湖依旧快意，日子如常。

窗外，有秋风飒飒，带来阵阵凉爽。教学楼下的花坛里，有菊花开得迷人，隐约还有孩子们嬉笑玩闹的声音，我放下茶杯，给学生的习作流畅地写下评语，突然就觉得生活又缓缓地美好起来。

然后，记起早上的课堂，带孩子们诵读花诗，当读到"九月菊花初开放，十月芙蓉初上妆"一句时，有孩子仰起头问我"老师，芙蓉是什么？"我差点就要脱口而出"芙蓉，锦葵科，别名众多，丛生植物，喜爱湿润环境……"这些苦涩的知识。后来，在那晶亮的眸子注视下，我温和一笑，给下承诺：过几日拍于你们看。

每每寒露过后，老家的小河边，草木萧瑟，然而一片苍茫凛冽之中，总有满树的芙蓉似锦，白的如雪，红的成霞，硕大的花朵在阳光下欢喜无比。

谨遵承诺，几日后，我在课间打开手机给学生一一翻看。

霎时，轻寒时节，有笑，似朝阳。

唐歌

一杯香茗，一卷泛黄的古书，一丝丝的风吹起书页。

入眼处，便是"叶下洞庭初，思君万里馀"一首来自大唐王朝的《彩书怨》。我无端地想起那个女子——上官婉儿。

无数次梦回大唐，幻化作大唐月下的柳，天边的月抑或是宫墙外的那一缕风。梦里也曾和那些低眉柔目的大唐女子言笑晏晏，然后眼眸望向那个立于武皇身侧的一袭素色衣裳的女子。

处置太子李贤的诏书已经下达：太子忤逆，废为庶民，流放巴州。

诏书是婉儿一笔一画拟写出来的，当她在政务殿里写完最后一个字，便无力地倚在椅子上。殿堂上金碧辉煌的柱子隐现出她倾城却又苍白的脸，她在政务殿呆坐了很久很久，方才起身，失魂般地回到自己的寝殿。

大明宫夜晚的风在婉儿推开房门时袭进房内，吹起屏风后的幔帐。婉儿呵退所有宫女，在那面黄铜打造的镜子前坐下，梳理着如云的长发。她不可抑制地想起贤，想起那个俊朗风流，武陵白马的少年。

彼时，洞庭木叶初下，她是武皇身侧的侍女，他是东宫太子，像极了所有美好故事开始的样子，若能一切如初多好。然而，她最终成了武皇的武器，一把锋利的剑，把彼此砍向不同的立场。白马少年成陌路，余生再也毫无谅解。像一抹孤云，一叶孤舟，他们再也不会同行。

夜深了，婉儿点燃宫灯，小小的一盏。房外，月亮并不亮，大片的云在流离，嘀嗒嘀嗒的更漏声那样清晰。她毫无睡意。

宫女进来，端着热气腾腾的点心，点了炉火，燃了香。婉儿看着她们忙碌，她觉得冷，宫女们说，外面霜重，早些歇息。

终究是无可奈何了，婉儿知道，命运的摆布糊弄了自己，她跟随了那个聪慧的女主，此后漫长的时光，所有的欢颜都将被风吹散，再也寻不着踪迹。

宫廷深深，哪里会有爱情？一份废黜诏书，便是咫尺天涯。

收敛单纯，藏起笑容，从此钩心斗角的大唐宫廷里，多了一个狠戾的女人。从此，一个柔弱的身影把年华都付与繁重的文牍。不知周旋于李氏和武氏之间的你，走得是否艰辛。

贤，也好像离开好久了，在遥远的巴州，他，过得如何？

然而，有一天，武皇告诉她：贤死了。那个深夜悄然思念的人离开了，她没有哭声，空洞的眼神望着这个如牢笼的大明宫，然后竭力拥紧那床厚厚的大红的锦被。

高宗李治驾崩了，新封太子李显即位了，一个又一个的人在她身边走近又远离。东宫太子的人选一次次变幻，案牍上的奏折批了又批。正二品女官，昭容，大唐王室举足轻重的女子，她甚至来不及做一场梦？她说《彩书怨》（叶下洞庭初，思君万里馀。露浓香被冷，月落锦屏虚。欲奏江南曲，贪封蓟北书。书中无别意，惟怅久离居。）是借典故思念故国，然私心里，应该也是有一份思念的，关于那个温郁的男子。

唐神龙元年。洛阳。陪伴了最久的武皇也离开了，大明宫更加寂寞。

拿什么为那段没有生卒年月的爱情作注？

（附：唐景龙四年，临淄王李隆基发动政变，婉儿得知唐宫即将易主，危难之时，从容秉烛，陈词初衷，终不允。与韦皇后一并被斩）

在最美的安乐公主被杀后，她便知晓下一个是该轮到自己了。临淄王索命的马蹄声渐渐临近，她嘴角漾起浅浅的笑，别等了，早在几十年前，贤死的时候，你们就该带我走呢。

宫女们手中的红烛一支支熄灭。

那一年，长安是否下雪？

一如几十年前，东宫太子府，纷纷扬扬的大雪覆盖了厚厚一层。你素手而立，远远地望着那个英俊的章怀太子，望进眼眸深处。

月色中，我缓缓地合上《全唐诗》，恍惚中，又依稀地听得嘀嗒嘀嗒的更漏声，似乎是来自遥远的大唐。

你是我的江湖

又是一年江南的冬天，又是一年的梅开雪霁。

一树一树的，燃放起来的梅，白的如雪，红的似火，妖娆地像要铺满整个无边无际的江山。我着了一袭青色的长袍，在梅林里穿梭，远处偶尔会传来几声鹤的长啸，那啸声悠悠地穿过幽香的梅树林，一阵阵地回荡。风起的时候，有梅花一瓣瓣地飘落，偶尔还会有几朵，落在我的长袍上。

我寻了一株最肆意的梅，折下一枝，枝头还有未开的花骨朵儿，打着卷儿，像曼妙的女子欲说还休的容颜。

我是一个隐士，闲云野鹤，爱梅成痴。

杭州西湖，白堤西泠，孤山的小径上还有些薄薄的雪，只是也阻挡不了无数的才子佳人相约而言：上孤山，赏梅去。

孤山的梅林里，人越发多了。在那株最美的梅树下，我瞧见一对执手的璧人，男子低眉敛目，温良谦逊，佳人皎若明月，纤腰环佩。簌簌的梅花落在女子的发际，那女子美目流光，嘴角含了轻轻的笑。那巧笑的模样像极了多年前的你，而那男子便若我当初的模样。

心悦君兮君不知。是谁？谁的声音？我迷离地望向梅树下那个绯衣的佳人。心里缓缓便刻画出你的模样，娉婷芳华，罗袖盈风。

吴山青，越山青，两岸青山相送迎，争忍离别情。

风吹开半闭的门，我喝了些酒，微微的有些醉了，白色的宣纸上，我落笔。君泪盈，妾泪盈，罗带同心结未成，江头潮难平。挥毫泼墨，一阕小令，像耗尽了心神。我以为时光会走得很快，快到孤山的雪下了一场又一场，快到梅花开了又谢谢了又开，快到曾经的心潮起伏幻化成波平如镜。却不曾想，那幕相似的容颜，就如你轻柔抛下的一颗石子，落到我的心海里，惹得我波光激滟，心海汹涌，于是湖水皱了眉，我也低了眉。

雍熙四年的杭州城，柳色如烟。你是知州的千金小姐，我还是意气风发，持剑跨马的少年，那样环境迥异的两个人，本该形同陌路，偏偏情缘弄人。"寒威敢相掉，猎猎酒旗风"一叶扁舟，一袭白衣，游于江淮，是二十岁的我对抗这浊世的良策，官场之上，无数士子涌向这个这里，以求取功名。我搁了笔，再也不愿写下去，官职于我而言，实则比不上那广阔的人间。西湖的画舫里，有歌声慢慢穿越雾霭。我临风，看摇曳的湖水之上，驶来的那华丽的船只。你一袭红衣，素手掀开珠帘，从时光的深处向我走来，叩响我心里紧锁的房门。

于是我们有了美妙的一段时光，填词谱瑟，吟风弄月，宛若所有的才子佳人般，三杯两盏淡酒，静静一眼凝望，是璀璨的年华啊。可最终正当少年的我，却念着柔情是羁绊，长剑轻弹，便纵马而去。

水之一方，我看着你两行清泪缓缓滑落。你说：君复，我可是你的江湖。我说我不是"冲冠一怒为红颜"的义士，不是"当年拼却醉颜红"的书生，我有我的江湖，所以我要离开。杨柳依依的清晨，那个诗经里说适合离别的时节，你取下你发上的玉簪，你如丝的长发在飞扬开来。如雪的玉簪在我的手心里静默不语。

那么，你去寻找你的江湖吧。你离开，留下一方绣着梅花燃放的手帕。

君复，呵，原来是君负，是我负了你，我亲爱的女子。

可是那个我以为可以挥斥方遒，指点江山的江湖逐渐让我失望。我的戎装，我的剑鞘，我的倔强，我手里摇曳的酒杯终究抵达不了那个风生水起的边疆。

待我返回寻你，你已不在。我嗒嗒的马蹄便走过一个个春秋。

我开始在孤山植梅，你爱的梅；养鹤，你说性灵高洁的鹤。隐于这城市的一隅，闲时作画赋诗，栽梅访友。清风月明的时候，便会想念起那个娉婷的倚在栏杆蹙眉的你。

一生不仕不娶，与梅鹤相伴，世人均唤我"梅妻鹤子"。孤山梅子熟了的时候，我唤门童去卖梅，一颗颗饱满诱人的青梅在枝头跳跃，一如巧笑的玉人。

陆陆续续地，有官差抬了丰厚的布帛而来，伴随的还有一大箱子钱财。我知道，又是杭城的知州大人来了，王大人近日总是如此，然我总是一次次婉拒。"吾志不在此，大人就莫要强求了"。知州大人叹了口气，悻悻下山而去。

王大人下山时，我其实问过他一句"可知前任知州大人近况"，他说，很好。其实，我知道的，他一路亨通，早已位高权重，最主要的是，我知道，你已佳缘天成。据说，你出嫁的那日，府衙门前的大道上，红妆铺地，十里繁华。

孤山的山顶，能看到脚下西湖的碧波和水上悠然飘荡的画舫。远处的杭州城热闹非凡，可这红尘万丈，却再也与我无关。

黄昏的时候，我独自驾小舟去邀智圆大师品茗，品的是西湖龙井，泉水是正宗的虎跑水。茶品至一半之时，他说我仍念尘缘。我无力反驳，品着舌尖的茶香，沉默不语，可这位睿智的法师似乎有一种看透人心的力量，我看向这个老者，渴望从他的眼神里看出什么，然他的眼眸平静的如一潭清水，石桌上的茶杯里氤氲出茗香，他端起送至唇边，轻呷一口，道声：好茶。那种模样隐隐有仙风道骨的韵味。

孤山探梅的人群逐渐下山时，智圆法师向我告辞，我让童子相送，他登舟而去，衣袂隐没在梅花的暗香里。

我手握玉簪，兀自出神。

梅花的香气隐隐而来。疏影横斜，暗香浮动，我的女子，光影重叠的岁月里，我竟不知你才是我的江湖。

月出皎兮，佼人僚兮，舒窈纠兮，劳心悄兮……

雪花已落尽，而明朝，待我梦醒后，哪里还有你如花的容颜？

［林逋（967—1028），字君复，北宋初年著名隐逸诗人。四十岁隐于孤山，之后二十余年足不及城市，终生不仕不娶，无子，唯喜植梅养鹤，自谓"以梅为妻，以鹤为子"，人称"梅妻鹤子"。天圣六年（1028）卒，年六十一，仁宗赐谥"和靖先生"。以咏梅诗著称，其《山园小梅》为千古绝唱］

后记：偶读林和靖的《长相思》，不由震撼，一个清心寡欲的隐士，何以写这般凄丽缠绵的诗句？又张岱的《西湖梦寻》说南宋灭亡后，有盗宝者掘其墓只找出一端砚一玉簪，那这位孤绝的男子竟为何让一女子所用的玉簪陪葬？且近年文坛上关于其不仕不娶的佳话争议不断。1000年后的我，并不敢妄自编造他的爱情，此文只慰我钟爱的那个千年前的男子，他的爱情，似乎总是伴着梅花的清香隐隐绽放，而诗里找不到多余的任何痕迹。

我的小爷爷

　　因为根深蒂固的封建思想作祟，我这个孙女的出生让爷爷很不高兴，因此当别的孩子都能从他们爷爷手里得到零花钱买花花绿绿的糖果，能牵着爷爷的手逛集市，能围在爷爷腿边听故事时，我只有羡慕的份。

　　那种其乐融融的祖孙亲情，我年少时并不知晓是何种滋味，唯有挨过对这种感情无尽的臆测和幻想，等时光静静地走到 18 岁，等绿皮火车把刚经历过高考的我带往一座陌生的城市，等见到那个我唤作"小爷爷"的人时，方才觉得，人生缺失的那小小的一块角落终于被填满。

　　唤他"小爷爷"是因为他是爷爷那一辈年纪最小的一个，他和我亲爷爷并非同一个父亲，只是原来祖上是同一太公公传下来的，具体是怎样的关系，我至今也并未厘清。至于我之前为何从不曾见过这号人物，也不曾听过，那是因为，小爷爷在十七八岁时便外出求学，后来成为地质工作者，然后走南闯北，人生的大半数时光均给予了山川河流和地底下的种种矿产。他每隔几年会回一次老家祠堂，我倒不曾碰过一次，也许也碰过的，只是一个女娃子，也很少有被拉到座位上，被长辈慢慢端详然后夸赞几句的。而且，相对那严谨让人大气不敢出的环境，我倒宁愿去捡大厅外那祭祖后一地的爆竹片儿。

小爷爷定居的城市便是我念大学的地点，这是开学报到前几天，爸爸才告诉我的。那天，爸爸拨通了小爷爷的电话，说了我念书的事，并说我们已经买好火车票，第二天晚上到达。我不知道电话那端小爷爷说了什么，但见爸爸的神情显得轻松许多。隔天晚上的 11 点多，我见到了小爷爷，他在火车站出口，一眼看到我们，便走上前来，很是和蔼地笑着对爸爸说"这是我那孙女吧？"，爸爸点头说是，又表达了那么晚，还麻烦阿叔跑一趟之类的歉意话。他爽朗一笑，说有什么关系，都是自家人。然后他带我们去候车点等早已约好的司机，车上，他和爸爸好像有说不完的话，聊的都是一些我不甚清楚的上辈人的事情。就这样，等回到小爷爷家时，已过了 12 点。

跟我想象得不同，小爷爷家在一片老房子中。后来我才知道，这一大片的平房是那座城市独有的老区，里面都是些像小爷爷这样前半生兢兢业业，退休后便颐养天年的老职工。而夜色下，弯弯绕绕的小巷子如同迷宫是我对此的第一印象。奇怪的是，那个晚上，城市的陌生感并不曾侵袭我，反而睡得极好。

小爷爷和爸爸陪我去学校报到，并买好了所有的生活用品。爸爸一辈子待在农村，与土地为伴，陪女儿上大学是他第一次去往大城市，乘火车亦是第一次。那天，我送爸爸去火车站，想着我真的要开始一个人在陌生的城市生活和学习时，心里又一阵酸涩。爸爸瞧出了我的情绪，安慰我说"孩子，别难过，爸爸相信你能很快适应的"。

大学生活相对紧张的高中，显得尤为轻松与自由，我开始认识很多新朋友。而每到周五，小爷爷会打电话邀请我去他家，我均以各种理由婉拒，因为实在不知道我这般从未与家中爷爷和睦相对的人要如何跟一个不相熟的老人家相处。拒绝的次数多了，我终于不好意思拂老人的面子，于是在一个周六的早晨，坐公交赶往小爷爷家。然而，在那一片古旧的老区街口时，我迷路了，那绕来绕去的巷子，家家户户几乎一样的门楣设计，

113

我实在找不准属于我小爷爷的是一户。于是打电话给他，小爷爷出了街口迎接我，一路指点，细细告诉我哪个巷口要转弯，哪个小岔道容易走错。我用心记下，并在之后的几年里再也不曾迷路过。

小爷爷准备了丰盛的午餐，十几道菜，摆满了整张桌子，招待的只有我。他有一双儿女，儿子在外，女儿在本地，工作忙碌。于是那个中午，只有我和小爷爷以及奶奶三人围坐在偌大的餐桌前，小爷爷不断地给我夹菜，见到哪道我更感兴趣的，便一一告诉我是如何做成的，需要怎样的配料，怎样的火候。我至此也才知道，我这个小爷爷是个美食大家，退休在家后喜欢研究菜谱。

不过，下厨也仅仅是他众多爱好中的一项，这是我后来几乎每周都在小爷爷家待上一天时的发现。他酷爱钓鱼，河塘边一待便是半天，钓回的鱼塞满了冰箱，多余的都送邻居。他也带我去钓鱼，很早出发，骑着电动自行车，我坐在后座，背着他的渔具，穿过小巷子，路过最热闹的街市，再跨过一座大桥，郊区的一大片池塘边便是目的地，那里，早已有三三两两坐着垂钓的老人。他们和小爷爷早已相熟，见小爷爷带了个女孩子，便微笑着询问，小爷爷会很高兴地回答"这是我老家孙女，在这念大学"，他们会善意地冲我点头。

小爷爷钓鱼时，我便坐在一旁，可一个年轻的女孩子哪有那耐性啊，一个小时还好，三四个小时就觉得煎熬，何况坐得久了，腿还发麻。小爷爷定是知道的，不过，他不说，也不肯提早回去。只有等结束后回去，我又坐在后座上，爷爷的话语传来"钓鱼是需要耐心的，不能急。"我很是羞愧，幸而呼呼的风吹来，吹动我头上的凉帽，也半遮了我羞红的脸。

后来，再出门钓鱼时，我的小包里开始放上一本书，常常小爷爷一边钓鱼，我一边看书，安静的水塘边，除了起竿时鱼儿落入桶里的扑腾声便是我翻动书本的唰唰声。小爷爷总能收获满篓子的鱼，而我也在一次次陪伴中，读完了一本本书籍。然后，我会和他去邻家送鱼，今天这家几条，明天那家几条，那弯弯绕绕的小巷子啊，我竟逐渐熟悉起来。

小爷爷也教我做菜，尤其是做鱼，他擅长做各种鱼，清蒸、红烧、油炸，绝不重样。因为房子极具年代感，厨房很是狭小，不过并不影响老人在其中灵活地施展技能。开始时，我是不曾进入厨房的，常常是和奶奶一块看电视，直到有一天，我在旁边乐呵呵地给小爷爷择菜时，他说："我教你做菜吧。"于是那小小的厨房里，便有了我的身影，多是打下手，小爷爷要什么，我便递上什么，他一边翻炒一边告诉我排骨要炸到什么颜色才酥脆，牛肉如何腌制才鲜嫩，蔬菜如何保持色泽种种。每次他总能做出满桌的菜来，然后喝几口他自己酿的米酒，吃饭的时候，他就跟我说故事，说的自然是他曾经那些翻山越岭的经历，我听得入神，他更起劲，常常一顿饭下来，就是两三个小时。没有吃完的菜他会细细打包好，让我带到学校去，没有听完的故事，自然留着下一个周末来听。

　　是冲着那些诱人的菜肴，还是那些有趣的故事？总之，我周末去小爷爷家的次数开始变成一周一次，坐早上的公交，越过一个个站台，去那个种满了花卉、盆景和当季绿蔬的小院子。小爷爷总是在水龙头下清洗着他的渔具，有时便是在翻土，插几粒蒜，或拿着水壶给花儿浇水，奶奶总是打扮得一身干净整洁，去路口的一家麻将馆搓麻将。这是她的爱好，与输赢无关。常常小爷爷做好了午饭，便让我去麻将馆里找奶奶，我每次一去，奶奶便会很快地结束一局，和我一块回家。有时，她也能做到一天不去麻将馆，比如，有一次，我前一天晚上和小爷爷打了电话，说我会过去，第二天我到了家里，才知道小爷爷被原来的单位召集开退休职工会去了，而我也因为那天公交极其少，很晚才到，奶奶一个人在家等我，见到我直问我饿不饿，然后很快地钻入厨房，做菜去了。那是我第一次吃到奶奶做的菜，味道很好。奶奶说"这都是你小爷爷特意交代说你爱吃的"。我感动极了，那天，奶奶一直陪着我看电视，聊天，还带我去了她的女儿，我的姑姑家。一天都未碰过她钟爱的麻将，我知道是因为小爷爷的缘故，因为有一次，奶奶把我领去麻将馆待了一上午，小爷爷钓鱼回来知道了，便抱怨了奶奶几句，直说我一个念书的女孩子，学什么打麻将？离乡在外的那几年，我常常感到幸福，原因几乎是因为在那座城市，有来自小爷爷他们的关爱。

像年幼的孩童渴望祖父的零花钱买根雪糕一样，我极少得到这样来自老人的亲近与疼爱，然而小爷爷给了我，我每次回校的时候，小爷爷都会亲自送我到候车点，而且每一次都会给我车费，当然，车费并不需要那么多。那时，我做家教兼职，生活费已然够用，我说我真的不需要，小爷爷就会显得很生气，他说，你多的钱就买你喜欢的书和衣服，我这个是买零食的，然后硬塞到我的包包里。

这就是我的小爷爷啊，他带我钓鱼，磨出了我平和的性子，大学生活，我过得充实而满足，一步一步走得稳稳当当，在每次拿下奖学金的时候，我会想起小爷爷说的，什么事也急不得，何止是钓鱼呢？学问也是一样啊。他教我做菜，美味里是对生活的热爱；他带我去见他的老朋友，听他们说故事；端午节去看划龙舟，带我占据最好的观赏地点；他喝茶，我也学会了喝茶，懂得喝茶的妙处；在人生最美好的青春年华，在最需要指点的年龄，小爷爷用他独有的关爱建构起我最饱满的大学生涯，也补全了我年少渴望的祖孙亲情。

不管时光过去多远，我脑海里始终能想起，那个带着凉帽坐在后座背着渔具被风吹起长发的少女，还有前面那个慈祥的老人家。

人间总值得

刚刚过去的情人节，个个都在秀钻戒，秀鲜花，秀巧克力，秀千元红包，总之呢！人间一派喜气祥和热闹缠绵，花满人间恩爱百年的纷繁景象。

我在赣南，阴雨绵绵，给喜爱的朋友发去祝福，也收到关爱我的人浓烈的情意。但是，千里之外的金陵城，有个女孩子却要与男朋友从此恩断义绝，相逢即是陌路。彼时，金陵大雨如倾如盖。

我在微信一端说：丫头，这个节日不适合分手！

你看，六朝古都的江南佳丽地，金陵帝王州，这个时刻，夫子庙秦淮河夜灯如昼，你该和意中人去看看花灯，赏曼妙的旖旎风光。

丫头说：当断不断，反受其乱。于是，我放下手头事务，陪那个情人节上着班的小姑娘长谈，听一个并不漫长却又纠结无比的故事。

平淡亦能甘之如饴，并不追求富贵生活，从小缺乏关爱，渴望家庭温暖，受过伤所以格外期待温暖，能书写出光怪陆离的科幻小说的女孩子。和一个热衷打游戏，被父母过度保护，很多事拿不了主意，不够浪漫也不懂女生需求，生病只会说喝热水，连买个礼物送女生都纠结无比的男

117

孩子。平日里，不曾有多少摩擦和矛盾，外人看来，他们分外和谐关系良好，般配得可以。

可是，她说，她很累，她并没有多少笑容。尽管没有任何矛盾，独独，缺了笑容啊！

人啊，若是连笑都溢不上嘴角，生活，还有什么乐趣可言？她问我："浅儿，一个人连谈恋爱时都不能让你笑，还能指望婚后能让你开怀么？"

晚上十一点，她回家，和我发信息。她说雨很大，可是街上人很多，她还给我发了视频，长长的一段路，繁华的南京城，她悠悠地说：这条路，以后又是我一个人走了。

我在微信的一头，难过到不行，那个女孩子，我十八岁认识，如今十年弹指一挥，她可爱娇俏，喜爱短发，宠物，古风歌曲唱的悠扬动听，我二十二岁时还千里迢迢奔去南京陪逛秦淮河去老门东看戏园子的姑娘，为什么，为什么就那样难遇上真正能懂她心思的男子呀？等她总算想要好好歇歇，和一个人尝试着去相处，可是，却消磨了她的笑容。

我问她：后悔吗？她说：就像走路，我选择了一条岔路时，就注定看不到另一条路上的风景。所以，自己的心，才是黑暗路上的指路明灯。是啊，她起码想得通透。都说，劝架原则是劝和不劝分，可是，我依旧不想她受委屈。我说：万千世界，总有所爱，既然如此，便随缘吧！

我们日日聊天，我怕她难过，她假装自己快乐。直到有天晚上，她告诉我，她楼上那个看她长大的老太太不在了。那一刻，她说，夜里的灯光那么凄凉，来一趟人间不容易，可是生活啊，总要继续。我说：是，人间总值得。

接下来的几天，她很"忙"：上班、约朋友、会客、看电影、撸猫、逛寺庙、蹭饭。独独没有更新她的科幻小说。

我也很忙：见多年好友、聚餐、开会、医院学校两边跑、写文章、做新年计划。

人世间哪有那么多圆满，遗憾，错过，都是人生的必修课，愿修炼一颗淡然的心，安然生活。赣南金陵皆是雨，也终有晴的一日！人生也总能峰回路转柳暗花明！

嘿，我亲爱的姑娘，浅儿永远爱你！

你不知道的故事

十八岁的时候，我想成为一名记者。

六月的高考后，我拉着密码箱去一个陌生的城市念大学，却没有学心心念念的新闻，而是选择教育专业，偶尔去新闻班旁听几节课。

二十岁，我想成为导游。

于是，自学，培训，逐步拿下地导和国导资格证书。

二十二岁，我成为特岗教师，与前二十年臆想中的种种恢宏梦想纷纷背道而驰。

面试，培训，宣誓，一项项犹如庄严的礼节。然后，我回了家乡，踏进了母校，一切都像记忆里的样子，恍惚间又看到了十多年前那个童真的女孩，只是从学生的身份换成了教师。在我以为自己将会留在自己的母校，一步步的惦念着自己曾经的时光并且为之努力时，中心校把我分在了更为偏僻的村小，当天，我坐了村小校长的摩托车去看那所学校，一眼便能看尽的景色，简陋的两层教学楼，四个教室，低矮的厨房，杂草丛生的操场。于是，在那扇并不宽大的校门前，我哭得声泪俱下。

爸爸说：也许你要学会吃苦。

那一刻，原谅我曾那样单纯的只想做个孝顺的女儿，而不是为了奉献教育的小心情无辜地留下。

而今，时光倏忽，回顾那段初为人师的日子，竟是说不出的美好。当繁华的都市，灿烂的霓虹慢慢地沉在心底，时光逐渐把我一点点，一点点地融进了青草，花香，泥土，融进了那些稚嫩的晶亮的眸子里，然后让我缓缓地道些感动与你。

你是我的朋友

这里依旧是落后的复式教学方式，三四年级，一共十六人，包括两名特殊儿童，我所任教的便是这两个年级的语文。

孩子们大概天生就有与人亲近的能力，在我刚刚接触他们的时候，便熟络得不像话。每次上课前十分钟都是故事课，从安徒生到格林兄弟，从 365 夜故事到成语典故，他们听得津津有味。某日，讲"高山流水"伯牙，子期心灵相通互为知己，千古一谈。课后，有学生缠住我问："老师，什么叫知心朋友？""嗯，就是非常要好的朋友，相互了解，彼此想要表达什么都清楚""那他们知道对方的秘密吗？""应该知道啊。"

至此，我隔三岔五地在办公室抽屉的显眼处总能看到小小的信封，纯手工制作，信的内容包罗万象：老师，我跟你说件事，我有一个弟弟了，爷爷奶奶很疼他，总抱他，好像不理我了。我今天买了一个会发光的水晶球，里面有好多颜色。老师，你有什么秘密么？我们交换吧？昨天下了大雨，我摔了一跤，好痛，没告诉妈妈，怕她骂我，肖老师，你不要告状啊。那段日子里，我每天到达学校最急切的事情莫过于拉开抽屉，看那些散发着温暖的小小文字，偶尔笑，偶尔难过，偶尔沉思。他们仅仅十岁的年纪，那些话也许是那个年华里他们最深处的秘密，然后他们完全信任的毫不犹豫的一件件事无巨细地告知于我。只因为我说，孩子们，我愿意成为你们的朋友。

你不知道，这一年，我听过成长里多么庞大的秘密。

手链，十块钱一条

那个女孩子念三年级，皮肤黝黑，眼睛明亮，长长的发，不会打理，时常脏乱得很，况且她性格完全不像女孩，日日与班级的男生混作一堆，丢沙包，玩纸牌，爱说话，上课不集中，作业纯属应付，会打架，偶尔欺负人，最可气的是她次次测试都"霸占"着倒数第二的位置。

然有一点，她是全班最爱黏着我的人，心情好的时候我和她打闹，心情不好的时候便烦她，她从不懂观人脸色，照旧和我嬉皮笑脸。这个小镇每到一、四、七的日子便是赶集，周末的时候，孩子们便随家人一同上街，买些零食。一个周一，在教室外，她叫住我，欲言又止，明亮的眼睛里无比懊恼与心烦。之后，她断断续续地说出缘由，因前一日赶集，她在小超市里看到一条手链，觉得很漂亮，亮晶晶的，于是想送给我。但她一问，老板说要十块钱，而她身上只有四块钱，且还是平时积下的零花钱。说这些的时候，她低了头，两只手不停地绞着衣角。我能想象出她那一刻的心情，那样贪恋的不舍的目光盯着柜台上的手链，她那么想买下来送给她的老师，却又是那么无奈地离去。我轻轻地抱了抱她，说：没关系，我知道了。她抬起头，说："老师，真的很漂亮，不骗你……但是……"我相信，我相信，可爱的姑娘，怎么可能会不漂亮呢？我瞧着那对闪亮的眼睛，那里有一个世界如夜空熠熠生光，璀璨夺目。所幸，那个世界，我到过。

你不知道，这一年，我便知道十块钱的手链里其实也会"镶水钻"。

是不是金钱的力量？

很少于课堂之上责骂那些孩子，然有一次，我毫无节制，状况类似

122

于河东狮吼，起因是十一长假后，个个学习松懈，上课注意力分散、拖欠作业、吵闹，种种不良现象逐一出现，无暇顾及是否有自身原因，放言下次考试根据自己的能力订下目标，超出目标一分奖励一元钱。

很快，考试来临，全班只有一个男生达到要求。那是一个成绩从不超过70分的男生，那次考试他得了74分，他目标是70分。当然，我履行承诺，当着全部人的面给了他四个硬币的红包。他欣喜无比，脸上有小小的骄傲。此后，他像变了个人，字写得更为整齐，书也背得极好，偶尔会赶在优秀生之前。我在办公室其他老师面前夸起他，同事说到底还是金钱的力量啊？而我不曾告知，那份红包里除了四枚硬币，还附了一张纸条：你看，其实有些事你比别人都做得好。我相信他看见了，并且也懂得了。周记本上，他写：老师，你快生日了，我不知道你喜欢什么？但我想女孩子都爱花吧？周末我一定摘一大束花给你。我猜，这是他的谢意吧？而我愿欣然接受。

你不知道，这一年，我逐渐明白哪怕最微小的改变也离不开爱。

其实故事远远不止这些，我日日与孩子们相处，时常也会想起一年前那个蹲在墙角哭泣的自己。做教师其实是一件不轻松的事，却也有众多乐趣可言，这些，没经历的人不会明了。

你看，春天又到了，操场上开始长满了青绿色的小草，我抬头想这些山里的孩子也会慢慢成长吧，和稚嫩的小树一起，长成撑天的脊梁。

而我，会一路陪伴。

第四辑　心有远方

时光良好，想见的人去见吧！要去的城市，就去奔赴吧！你要相信，撞过的南墙，会变成坦途，再深的瓶颈，也能看到曙光。

遇见婺源

婺源告诉我，我们已经被城市宠坏得太久了。

——题记

我终于遵从内心深处的意愿来到婺源，这个号称中国最美的乡村。快十一月的天气，接连下了一个星期的连绵的雨后，我以为这趟旅行也避不开雨声，然庆幸的是，天气竟然好转，阳光明媚。

原本行程的伙伴是风夏，这是我们上半年一直计划着的事，然而她单位临时有事，抽不出时间；之后，换成陌尘，但月初陌尘告知无法陪我，就当我以为我的婺源之梦无法实现的时候，心萍说愿意和我一同前往。于我，自是欣喜非常，便着手全力准备。

心萍，一个大大咧咧，善良，又活力四射的女子。

等你，在婺源延村

到的第一站是延村，与思溪合称为儒商第一村的村落，白墙黛瓦安

126

静而从容地卧在绵延的山脚下，潺潺的流水绕着村子而过，风在大片的玉米地里穿行，村口的小黑狗缓缓低吠一声，便又跑远。我们沿着幽幽的青石板走近那些古老的宅子，鞋子撞击石板的声音在安然的宅子里显得清脆悠扬，一接近那些错落有致的老宅，连向来热闹的心萍都突兀地安静下来。

我们走过一座又一座庭院，门楣斑驳，檐下的雕刻饱经沧桑，全都是历史的刻痕，墙上的介绍无一例外皆是大户人家旧时的繁华。现在的宅子依旧住着人家，窗户的雕花很是模糊却隐约可见当年的精致，屋子里的人们过着平平淡淡的日子，对于充满好奇的游人，多数不显意外。当天光从天井泻下来洒在年老的祖母身上，乖巧伶俐的孙女儿便依着门槛小心地帮她剪着脚趾甲，老祖母略带昏沉而慵懒的目光。

蜿蜒的青石板上，也见到一对十指相扣的情侣，我和心萍沿着石径，穿过宅院，总是会碰到他们。她偶尔小鸟依人，偶尔巧笑倩兮，他满眼温和，眉角都是宠溺，他牵着她，安静地行走。

婺源，真该是两个人一起来的地方。

我在历史的尘烟中凝视——思溪

思溪，我喜欢这样美好的名字。

思溪，和延村相隔不过数里的另一个村子。

走过村口的古桥，就跌入柔软的古意里，小桥人家，溪水潺潺。这里和延村并无太大的不同，都是商人的宅院。初时，这里的人外出经商，致富后，无法割舍对家的依恋，于是携带巨资荣归故里，买田置产。然后，书院、府第、祠堂、牌坊一座座耸立起来。不信，那么就沿石径随便走走，进入任何一座宅子，即使有些字迹已经脱落，但是祖宗的遗训抑或是墙上的雕画对联均离不开读书做官，光耀门楣之类的教诲。

我移步于那些古老的石板，侧耳俯于斑驳的石墙上，想要听听那些来自悠远时空的声音。

我像听到了书生们背诵四书五经的声音，那声音里有博功名，展宏图的希冀。

我像听到了嫁娶送迎的队伍里欢乐的唢呐声，那声音里有新娘子对甜美生活的依恋。

我像听到了商人们畅聊生意的交谈声，那声音里有成竹在胸的自信。

那些书生一朝应试，高中榜首成了大夫还是权相？那些新娘子离了闺阁，盘起秀发，是不是依然幸福啊？那些一把折扇轻摇的商人又要带着货物去往哪一个驿站？我听不到任何回答，高高的马头墙耸立着。富贵荣华早已不再，剩下的只是嬉闹的差点撞我怀里的孩童，还有浣衣的村妇。

当然，也有我，一个千里迢迢不惧阻隔从喧嚣吵杂中赶来凝望它一眼的都市女子。

俗世的幸福——理坑

两山夹明镜，双桥落彩虹。清华镇的彩虹桥，是最美的廊桥，也是游客们梦里不可缺失的画面。

然而彩虹桥正值维修期，禁止游览，我和心萍被阻挡在门外。

从清华镇离开后，至沱川理坑，我显得很是颓丧，大部分是由于彩虹桥。

去理坑的那段路很远，且已是下午三四点，淡季，游人少，加上是山林之中，凉飕飕的。司机汪师傅说，每年三四月油菜花开时，这条路总是拥挤的车辆与行人，常常一堵便是两三个小时。看来选择这样一个淡季出游也是有好处的，至少时间充裕。

理坑是一个明清官邸建筑群，徽派建筑，原生态，保存良好。然而理坑吸引我的并不是那些建筑，而是我们一路到理坑所碰到的那些背负画板的少年少女，快到理坑村口的时候遇上更多，我一直诧异，以为是旁边哪所学校放学的学生，其实不然，那些是写生的学生。

汪师傅带我们进入理坑，充当向导，其实是怕我们转来转去绕不出来。进入村子，我再次被那么多写生的人所震撼。原来，理坑是一个写生基地，每一天都将迎来上千名来自全国各地两百多所美术高校的学生。它原生态的建筑，美丽的山水吸引着一个个年轻人的眼球，也不知道他们究竟辗转了多少地方，消耗了多少时间，才从一个个千里之外的城市奔赴到这里，仅仅只为那几笔勾勒、一方描绘。

青石板上，弄堂上，桥头，河边石阶，某户人家的门槛上，总会遇上他们，或独自一人，或三五成群，架起画板，然后便是静静描摹。

而理坑的人们安然地做着自己的家务，写生的人们安静地思索，只有游人踩出的声响回荡在一条条幽幽的小巷中。

师傅带我和心萍参观一座座古建筑。众多古建筑里有座小姐楼，因主人不在，我们没法上阁楼一趟，其气势与规模并不宏大，却秀丽精致，镂花的窗子，楼上的美人靠，无一不展现了它旧时的富贵与繁华。想来，小姐的父亲定是极为珍爱这位掌上明珠的，不然也不会如此费尽心力地打造一幢小姐楼。站在庭院里仰起头看楼上的美人靠时，师傅说，以前的官家小姐大门不出二门不迈，便靠在那里观赏后花园的景致。走出小姐楼的时候，我突然回头，那些精致绝伦的雕花仍在，可是，我想知道的是，不知那小姐是否幸福，她的生活禁锢在一个精美的楼阁里，那外面更广阔的天空呢，她有向往过吗？

又想起《牡丹亭》的一句唱词："原来姹紫嫣红开遍，似这般都付于这断井颓垣，良辰美景奈何天，赏心乐事谁家院？"说的便是这般吧。

在理坑兜兜转转之后，决定买些东西回去，心萍在一家小店里闲逛的时候，我正看着对面几个写生的人出神，其中有一个眉清目秀的少年，他正对着远处的白墙黛瓦出神，安静地，戴着耳机，手指修长。他一会儿抬起头来看一眼对面，一会儿挥笔作画。

我看不清那个少年的画，可我觉得他已是一幅画。

让我们一起住在天上人家——查平坦

从理坑返回，师傅询问我们是回县城住宿还是去天上人家，我和心萍犹豫良久，最后，她表示听我的想法。好吧，我承认，我被师傅说的日落、夕阳、日出云海所迷惑了，也对海拔 680 米这个数字感到好奇了。总之，我们住在了查平坦，住在了天上人家。

可是，沿着蜿蜒的山路，那种凉意侵袭过来时，我突然觉得，其实回城里也不错，晚上说不定可以看婺源县城夜景。

日落没看到，确切地说没看到最美的日落。不过，附近的农民已经在匆匆收回自家晒着的稻谷了。查平坦是山顶唯一的村子，也是摄影者的天堂。我们入住在潘老师家里，潘老师曾经是部队退伍军人，后转回家乡成为乡村教师，五六十岁的年纪，极为和善热情。进入他家，一入座，他便急不可耐地打开电视，放着关于查平坦美丽山水的碟子。然后，沏上一壶婺源绿茶，就滔滔不绝地说起自己的家乡，他说，春天的时候查平坦是完全被梨花、桃花、油菜花包围的，犹如仙境一般。

晚上，我们尝到了阿姨的手艺，几个家常小菜，却意外地契合我们的味觉。饭余和潘老师、汪师傅聊些闲话。

住宿的房间条件很不错，独立的卫生间、浴室、两张席梦思床，灯光明亮，视野极好。因为住二楼，要一级一级上木制的梯子，阁楼古色古香，丝毫看不出里面隐藏着几间现代的卧室。洗漱之后，心萍裹着被子写日记，我慢慢翻看一天的照片。因为略有些疲惫，因此我和心萍都没有太多话可说，趁早睡觉，以便明早可以看日出和炊烟、云海。

第二天早上，我是被农家舂米的声音吵醒。醒来，已经六点多了，所谓的日出没看到，农家升起的袅袅的炊烟当然也留在想象里。没有设置闹钟，竟睡得那样熟，那是多久前的事了呢。似乎一直的生活里都伴着车的轰鸣，霓虹灯的闪烁，什么时候听过稀稀的风声，淙淙的水声了呢，很久了吧。站在房间旁边的阳台上，可以看到这个山村的总体，不过三四十户人家，溪边已经有浣衣的女子出现。

心萍听到隔壁农家的人在打板栗，便急急唤我，那时，我正准备戴隐形眼镜，听见她的呼唤，便急了，索性不戴了，拿起带框的眼镜便噔噔地下了楼。板栗终是没捡成，云海也快散得不见踪影。无妨，天上人家的空气还是足够清新的。因为决定回县城吃早餐，于是，便打点好行李准备拍些照片便出发。心萍突然想买些茶叶回去，于是找潘老师。

婺源绿茶是极好的，高山所采，无污染，人工制作，且被列为人民大会堂特供茶。加上我和心萍品尝过，都觉得味道不错，就是价钱略高。心萍软硬兼磨，降到一些，潘老师终究不肯少了。我无意购买，但还是加入和心萍砍价的行列，而砍价的过程里，竟不知怎么提到"留言"问题。因为每一个入住天上人家的人，潘老师都会给一本留言本，让游客在上面写一些话。那晚临睡前，潘老师也给了我们，睡觉前因觉得无事，我便在留言本上信手写了篇散文，洋洋洒洒地道些对婺源的所思所感。没想到，潘老师一个早就看到，但不知出于谁手。因为当时我留的是笔名，对于那篇散文，作为老师的他极为赞赏，直夸我文笔不错。于是，因为那篇文章，茶叶便顺理成章地降到最优惠的价格。

回去时，汪师傅也提到那篇散文，那让我的自尊心小小地虚荣一下。

让婺源见证一下一个女子飞扬的才思，也是一种幸福呢。

和潘老师道别之后，我们出发回县城。早上的雾极大。似乎所有的山，所有的树都不见了，白茫茫的一片，天地好像都不存在了。

谁的小桥流水人家——李坑

从查平坦回到县城，已是九点，临时决定去李坑。据说，如果去婺源，要看真正的小桥流水人家，就应进入李坑，原来我和心萍是决定放弃李坑，而回景德镇，但终究因为什么留下，去李坑看看已不甚清晰了。总之，当汪师傅将我们送到县城时，去李坑的车刚刚发动，于是急忙付了钱便急急上了汽车。甚至没有好好和师傅道别一下，毕竟他一路见证了我们的旅行。

去李坑，二十多分钟足够，下车后走一两百米的距离便到了村子。曾经的小桥流水人家已经越发商业化了，这是每一个到李坑的人都不得不承认的事实。然而，我还是极为喜爱的。它很热闹，至少那一天是，众多从天南地北蜂拥而来的游客把小小的李坑惊起一阵波澜。

走进李坑，看到的第一幢建筑便是文昌阁，文昌阁建于北宋末年，是古代文人吟诗作赋之地，也是书香人家保佑子孙金榜题名而供奉文曲星的庙宇。可是，文革期间一把大火使之面目全非，如今的文昌阁是李坑人后来在原址上重建起来的，高三层，八角亭楼阁式建筑。文昌阁里游人众多，导游一一列举那些流芳百世的名字，我和心萍穿过人群，往楼梯上去，阁楼之上，视野广阔，推开雕花的窗子举目望去，稻田，村落，流水，人家，美丽如画。

李坑的亮点在水，流动的碧水，那映照，那滋润，使得李坑在历史的年轮里哪怕静立了千百年，也依然生动而亮丽。

路是青石铺就，雨天不湿鞋，晴天不扬尘。那日，天气晴朗，我却突发奇想地想要老天下一场雨，我想于烟雨迷蒙的时刻，撑一把婺源的甲路伞，行走于幽幽的青石板。雨滴从刻花的檐角漏下，滴在伞骨之上，撞出清越的声响，这样的景致定不输于戴望舒的《雨巷》。

精致的雕花，黑色的房檐，高大的牌坊，小巧的乌篷船，和着那青苔，流水，你就进入到一个古色古香的时空。

一座座古宅一站便站了千百年，书香门第，钟鸣鼎食；时代的变迁和时光的磨炼已然将这座村庄的铅华洗净，那些厚重的历史风光在风雨中逐渐变得淡定起来。

我是一个对于历史并不知之甚详的女子，然也曾粗略得知，李坑最早的记载始于北宋末年，南唐后主李煜的儿子们为避乱，纷纷以封地作为自己的姓氏，唯有第七子李从镳不改，率族人出逃，至江西婺源，仍以李

132

氏自居，这便是李坑的由来。你看，它竟是皇族后裔聚居的地方，它的繁华，它的气度会使得多少城市都为之汗颜和无法企及。后来我去到李坑的最高处，凝视这座村庄，不是俯视，李坑的深邃和厚重是容不得他人俯视的。"古树高低屋，斜阳远近山，树梢烟似带，村外水如环"不知可否形容它的轮廓。溪水两岸的店铺摆挂着各种现代商品，李坑的百姓用浓浓的乡音兜售着种种稀罕的物件，溪头浣衣的姑娘的背影，流水之旁悠然待客的船家，酒肆茶坊上高挂的红灯笼，一个真实的李坑就这样留在你的心坎里。

和心萍急急返回的时候，游人越发地多了，基本是随团旅行，年轻的导游向游客讲述着某座宅子的历史，突兀地听到李知诚三字，想来那些游客涌去的地方便是李知诚故居了。李知诚，南宋武状元。南宋，便是那个暖风熏得游人醉，只把杭州作汴州的南宋，一个风雨飘摇的年代，那个意气风发的状元郎，后人唤他抗金名将。话说，故居建于明代，院内有棵古老而奇特的紫薇树，树龄达五百年之久，花期长三月，李知诚亲手栽种。遗憾的是，我没有看到，只因急急赶车。

年久的断壁残垣，弯曲的青石驿道，苍老的古树名木，一口青苔满布的深井，再加上一个美丽的传说。李坑便活了，不，它根本就没有衰败过。路上会碰上很多的婺源李坑人，他们安然的生活，清亮的眼神，如若遇上些极为好客的主人，便会用那婉转的乡音细细诉说一段悠远的历史，我不禁莞尔，也许那些乡民朴实无华的躯体里正流动着正宗的皇室血脉。

山长水阔知何处

　　暑假到来，好友把假期出游的安排交给了我。

　　我摊开地图，目光从铺展的页面掠过北国的风、江南的古镇，绕过北京、西安、大理这些名声显赫的地方，最终落在三亚。那一刹那，光芒迸射，心情都莫名地晴朗。那里，便成了我们假期的第一个目的地。

　　飞机降落到海口美兰机场时，已经下午五点，一阵阵热浪扑面而来，热带城市的阳光刺得人眼角生疼。和九百多年前的苏子不同，我是怀着一种期待来到这里的，也是勾画着那天蓝蓝、海蓝蓝的秀美风光来这里的。时代更迭，风云变幻，曾经的这片蛮荒之地，在洪流中蜕变成一座知名的旅游城市，无数天南地北的人为一睹它的风采，奔赴到这里。

　　而千年前的海南还叫崖州，是四大流放地之一，偏僻蛮荒，像噩梦。一生仕途并非顺利的苏轼在广东惠州沉淀的心绪又被一纸诏书一叶孤舟送到这里。此时的苏东坡已经六十多岁了，接连的放逐并没有让这位老人消沉下去，他办学堂，介民风，据说不少学子千里而来，只为听苏轼讲学，致使这片荒凉之地有了不一样的变化。

　　我在天涯文化苑，戴着耳机听导游讲解，从历代流放的文人到守护这片区域的将领，导游的手指——指向那些与天涯有关的古诗词，一首苏轼的《蝶恋花·春景》映入眼帘，年轻的导游讲得一板一眼，而游客显然无多大兴趣。偌大的展厅，好像只有我细细浏览，尽管苏子放逐的地方是在儋州，离三亚三百多公里的另一个城市。可我一想这个命运颠簸的苏子，心里竟有种不知身在何处的苍凉。

也早起趁着人少，去看那块叫"天涯"的石头。从海边的小道徒步而去，有椰树摇曳，清泉流响，小亭几座，树丛掩映，快到终点时，交叉垒叠的巨石拦住去处，巨石下，是容纳一人大小的缝隙，穿越过去，便是开阔的沙滩，无垠的大海，著名的"天涯石"等待在那里。多像人生，山重水复疑无路，柳暗花明又一村。

和好友在天涯石前拍照，旁边有潮水一浪浪涌过来。决绝之地，无限生机，和"天涯"呼应的是另一块唤作"海角"的石头，然而不曾去看，中国传统的文化概念里，天圆地方，天涯是终点也是起点，即使行至天涯之地，同样能撬开一片海阔天空，海角则不同，那是真正的绝境，而我们的人生，即使真的陷入瓶颈也应该保有一颗看见曙光的心。

当然，那一段漫长的天涯之路是适合和自己重要的人一块走的。导游一边走，一边微笑着讲述，天气干燥，沙哑的声音从耳麦里传来，她说"执子之手，与子偕老"八个字，多少人只做到前四个字，却做不到后四个字。这话，让落在后面的我深表赞同，道路两边高高的大树垂挂下许多的心愿牌，红色的绸带系着无数生死与共的誓言，我没有一一去看，但那一刻，我真希望那些风中摇曳的梦想都能通通实现。

我千里迢迢而来，从偏远的小县到这国际化的旅游城市。看过海水干净而又蓝得发亮的蜈支洲岛、山路十八弯的亚龙湾森林公园、震撼人心的千古情表演、看不到玫瑰的玫瑰谷……是谁说要么读书，要么旅行，身体和灵魂总要有一个在路上。

旅行能带给自己的是什么，我并不清楚？然而在三亚湾的海滩上，我看着太阳一寸寸落下山头，把海平面染成红色；在凌晨五点爬起来，走漆黑的路，去海边等一场日出；在柔软而干净的沙滩涂鸦；看碧蓝的海水漫过裙摆……我却感受到了不一样的风景。

生活有困顿和忧郁，总有太多的因素影响着我们，人或者事，这多像见到天涯石之前的那段不长不短的路，如果迈不过那些坎坷的石头，何曾看到澎湃的大海？

回程的那天，有友人给我发信息：认识你多年，只想静静地看你描绘人世风景，我在繁华的都市，想你头顶三亚的蓝天。

那一刻，我又瞬间觉得，这座热带城市酷热的风都温柔了几分，一趟旅行也有了不一样的意义。

嘿，愿你我既把所有风景都看透，也甘于细水长流。

三亚，再见！

把浮世酿成一首歌

泉州终于下了雨!

来自台湾南部的那团热带气压来势汹汹,整个闽南地区便如临大敌,轰隆隆地把长久以来的燥热冲刷得一干二净。

处暑后的雨,带着秋天特有的浓密与黏稠,敲打下来。路旁的杧果树抖落一身风尘,黄色的夹竹桃歪斜了身子,路面在雨滴里升腾起一种腥咸的味道。

早起,牵了孩子的手去新开不久的一家早餐店,点清淡的扁食和美味的年糕。老板是从南平来的一对中年夫妇,一个月前把店铺开在这里。夫妇俩待人温和,尤其是老板娘,笑起来温柔良善,她夸我身边的孩子可爱乖巧,忙着的间隙还会走到我们桌子面前来逗他吃早餐。有一次,孩子想吃茶叶蛋,店里卖完了,老板居然跑了附近的几家早餐店,给我买回两个。我道谢,他憨厚地笑笑,吃完早餐出门时还从冰箱递给我一串龙眼。有时候太晚去,老板娘会打开热腾腾的电饭锅,问要不要盛碗稀饭。

附近的小区里有人家栽了龙眼树,成串的果子挂满枝头,密密麻麻的。社区路旁的小商贩推了满车的龙眼叫卖,对于这座城市而言,这是平常不过的生活，而我看着这新鲜的水果便想起老板娘传递过来的那抹热情，心里不由得感到温暖。那种感觉和楼下奶茶店年轻老板的母亲在我等奶茶的时候，吹两个大白兔气球送给孩子；常乐基的男生在我微信付款时给我算会员价免了十元钱；牛肉面馆的老板主动多拿一副碗筷问吃不吃辣，建议我不要坐空调底下是一样的心绪。

生活究竟给了人们多少深爱，才让他们对每个陌生人报之以善良和微笑。

这是我在泉州过的第一个暑假，夏日炎炎，温情脉脉。

想起前些天去东湖公园，有满池塘的荷，虽已过了最繁茂的时节，只有孤零的几朵挺立。然而花瓣粉嫩可爱，自顾自地开，丝毫不自卑。旁边的池子里有鱼儿游得欢快，垂柳依依。湖面上有游船，飘来年轻女子欢快的笑声。曲径通幽处有朱瑾几丛。傍晚时分，在祈风阁，我凭栏远望，远方高楼屹立，脚下清荷曼舞，顿觉人生不过是一场内心的修行，于这纷扰的人世间，守得住心底的清明是多大的幸运。

就像子柒姑娘。

李子柒，一个穿长裙汉服在院子里采玫瑰与柚子，也在山林里采蜜挖人参，庭院里搬砖和泥做农活的姑娘。世上怎么会有那样可爱而美丽的女子？她活成了多少人想要的生活，诗意人生，梦里桃源。然而也许是太火了，所有的负面和诋毁都来了，有时候我就想啊，那个女子，我宁愿她还是当初我知道时的模样，拍山水拍花草做美食，不过几十万的粉丝，都是真正爱她的，当她越来越被人们熟知，便承担了更多的辛苦和磨难。

炒作也罢，朋友说，就算她是炒作，把人生炒作成这般诗意的模样，我也爱她。微博里也有朋友说如果可以，她想让她一生无虞，守护想要守护的人，编织一份四时如旧的山野情诗。

是呢，这摇摇晃晃的人间，我们都得好好爱着，从生机盎然的春爱到银装素裹的冬，然后采早春的茶，取旧年的雪水，煮一锅深情款款给世人看。

外面雨停了，绿萝长得茂盛，桌子上我新买的栀子散发着淡淡清香。浮世百年，都编成一首歌来唱。

愿你长长岁月里，永怀赤子之心，欢愉长向。

心安之处是家乡

锦绣无双的少女时光，曾经铆足了劲想要去闯荡四方。在日记本里写下要坐晃悠悠的绿皮火车去锡林郭勒看广袤的青草地，也做梦去纳木错见证前世今生。后来我真的走过许多地方，丹霞山无边景色凭栏在看，黄鹤楼高楼之上遥望江帆，厦门的夜色璀璨迷人，武汉的早樱开满整个世界，也在古镇的早晨听过甜糯的吴音。

在我走过的大大小小的城镇中，在那一次次的行走里，有一个地方，永远别致而奇妙地存在着，那个你出发时只留了背影，回来时又满身笑容温柔相对的地方，我们唤作——家乡。

卧在罗霄山脉中段的这个小小的城市，安静的柔美的，在一片绮丽的锦簇秀色之中，缓缓地绽放出自己的风姿。

是山水孕育的城。丰盈的水不断汇聚，到这里突然就开阔起来，于是有了那碧波万顷的阳明湖；青绿的山一路绵延，到这里突然就俊俏起来，于是有了那鬼斧神工的五指峰。漫步河堤春柳的诗情画意，游走于南河湖畔的健步小道，闲逸在冰臼奇观的水石之上，还有草山的风车，盘古仙的云雾，荷花池的花蕾……就连豪情万丈的诗人一踏上这片土地，内心也立刻柔软起来。九百多年前的苏轼一叶扁舟拜访好友，于这曲折迷人的河湾中穿行。两岸如画，诗人直抒胸臆"长河流水碧潺潺，一百湾兮少一湾。造化自知太元巧，不留足数与人看"，这一出口便成就了这个小城最好的诗句。

是舌尖美味营造的城。晨光熹微起，于犹城的大街小巷中寻觅一抹特色小吃包米果，大火蒸透米浆，汤皮裹上馅料，就化成了一道令人垂涎三尺的美味。暮色四合里，去湖畔的船家邀好友吃鱼，清蒸扁鱼香甜，银鱼汤底浓郁，油炸鲤鱼酥脆，青椒石鱼香辣……窗外水色潋滟，桌上鱼香扑鼻。春天到来，喝一口犹江春茶，品味茶叶在壶中翻腾的姿态。冬日来临，挖几棵冬笋翻炒，感受茶油和笋片融合的爽口脆嫩。还有石鱼粑当零食，冲天炮作甜品，绿绿的九重皮最好看。不管走得多远，小城的美食总会让犹江儿女犯了嘴瘾，因为，故乡总会放在心上。

是客家文化浸润的城。老民居的门楣上，一块四周绣了花边，中间镶嵌四个夺目大字的门匾是"衣冠南渡"的客家先人对后世儿孙的期待，从"松阳世第"到"越国流芳"，从"诗酒遗风"到"清白传家"，时代更替，那镌刻了血脉和精神的印记却一代代传承，这是家风的力量。正月，"九狮拜象"表演开始了，灯彩高高举起，那栩栩如生的狮、象、麒麟和龙在穿梭在腾飞，千姿百态，风姿不一。唢呐的声音那么响亮，锣鼓的声音那么高远。一片红黄交加的景象里，人们也欢乐起来，迎春接福、万象更新，盛大的场面里，鞭炮声声，一年的彩头都有了，这，是民俗的震撼。

亲爱的犹城啊，我喜欢她的简单纯粹，她的温婉秀美，当那首《你犹在我心上》的音乐缓缓响起的时刻，只想静静地聆听。河堤灯光闪烁，对面高楼在夜色里静默，原来，不管生活如何变化莫测，潜意识里，就从未曾想过离开她。

经年久处，岁月悠悠，她早已让我迷恋至深。离开久了，心里便升起无限的眷恋，只要双脚一踏入这片土地，就有了莫名的心安。

这心安，是家乡味，是故乡情。

在东山寺，静一颗尘心

　　犹城今日是难得的晴好天气，吃过午饭，我牵了孩子的手去游东山寺。

　　位于东山之上的这座古寺是犹城"八景"之首，始建于宋朝，原名慈恩庵，后久废，元代复修，至清朝时，改名东山寺。后咸丰年间遭兵焚被毁。时光的车轮滚滚而过，一百多年的岁月剥蚀，几经磨洗，让这座后来原址修建的古寺除了外廓，那些壁画、雕刻、亭楼，早已无了当年的模样。

　　东山寺邻着犹江河，犹江，是这座小城的母亲河。站在东山高处便可鸟瞰全城，我一步一步爬过高高的石阶，站在山寺门牌下，放眼看去，只见平静的犹江穿城而过，河岸高楼林立，太阳洒下的金色光芒在河面上熠熠生辉。几座桥梁横跨江面，有车辆来来往往，给这座小小的县城增添了几分繁华与热闹。

　　因是午饭后的时刻，东山寺静谧一片，唯有高翘的檐角在半空中默默无言。我穿过天王殿，那种安静显得愈加明显。殿后的小花圃里，有几株南天竹，一颗颗挤挤挨挨的果子，红通通地挂满枝头，十分迷人。一品红的花朵，大而且艳，在太阳底下和着金黄色的巍峨雄秀的寺庙，竟奇异地和谐。还有零星的几棵没有长大的罗汉松栽在其间。

不过走二三十级台阶，另一座宝殿便耸立眼前，红墙碧瓦，威严里透着古色古香，正面门楣的上方"大雄宝殿"四个字笔力刚劲，赫然醒目。我行至宝殿前，见大门敞开，宝殿的中央有庄严的佛祖像，地上黄色蒲团一并排列，供香客们低眉叩首。我无甚可求，却仍然屈膝，一身敬畏，合拢掌心，满怀真诚地叩头后缓缓退了出来。殿门一侧，有几张古旧的桌子，上面摆放着许些老旧的经书，我小心翻看，偶尔，抬头看看孩子，他在宝殿前的空地上嬉闹，空地的边缘，几朵小花在简朴的瓷坛上开着，并不是很有精神。有风轻轻刮过，掀起看护寺庙之人晒在广阔场地上的衣被，也有一位老人家在阳光下的椅子上打盹。正中央的铜炉里，有一缕一缕的烟雾轻轻飘起，还有几支未曾烧尽的红烛。即使旧貌换了新颜，历经风雨的东山寺依旧香火不绝，纳福求子，寻官问名，或许拜恳姻缘，每逢初一十五，这座小城的人们总会交给这座古寺许许多多虔诚的心愿。而此刻，在这秋日清浅的风里，那缭绕的烟雾，快要滴尽的红烛定又是哪一位香客所留，山寺巍巍，人们拾级而来，所求的又是什么？

大雄宝殿的右侧是僧人办公与休憩的住所，绕过这一间间宫殿，便来到长廊。长廊修建时间不长，一根根朱红色的立柱上还雕刻着为修建长廊捐赠过银钱的人物的名字，再抬头看上方，廊下各种书法、绘画、诗词让人眼花缭乱。长廊很长，一路蜿蜒至山腰，市民要逛东山寺必走这文化长廊。沿着长廊游走，栏外草木浓荫，午后的光芒穿过树木的枝丫，洒下斑驳的日影，这斑驳的影浮在红色的柱子上，细细碎碎的。当清风缓缓刮过，便觉神清气爽。

走到尽头，是一条石板路，往山上而去。小路长且曲折，我和孩子走得很慢，有寥寥无几的游客，都超过了我们。然我们并不急，这一路，山光明净，松林苍绿，多适合慢慢欣赏。孩子折一根树枝，捡一颗松子，时而迷恋路边的野果，时而又被草虫的叫声吸引，这山林呵，给了他无尽的乐趣，也给了我许久不曾有过的宁静。

待行至东山最高处时，只见垒台而建的宫殿檐柱高飞，钩心斗角，竟有说不出的神圣感。站在平台上远望，视野非常开阔，没有一丝一毫的逼仄！整个犹城就在脚下，清晰地映入眼帘。古寺并不偏僻，然除却重大节日，甚少有人一步步登至这高处来。于是，在这样的午后，这一方角落，好像成了我的秘密，在寺院前的台阶中静坐，抬头，飞檐似乎要飞上天际，闭上眼睛，有风声穿过松林，万籁寂静里，一颗浮躁的心像被轻轻洗涤。看守这间殿堂的是位老者，殿内整洁干净，有清淡的香火味道。有担柴的人家经过时，他会轻轻问候一声，我静静地听他们交谈，再悠闲地观这山中秀色，凝神静气中好像明白了许多东西，心灵也得到了短暂的安宁。

这小小的东山寺，真是独步遐思的大好去处。

等老人吱呀着合上大门时，我才察觉，太阳快下山了，低头一看，通往东山寺的台阶上不觉多了许多身影，多是傍晚散步的人，旁边有个空旷的运动场所，很多孩子在玩滑梯。我想，沉寂了几个钟头的东山寺就要变得热闹了。

而我，也要回到热闹中了。

于是，我拉着孩子的手，在夕阳中，一步一步，下山而去！

静悄悄

早起，参加学校组织的研学旅行。

前一晚已经收拾好东西：一台相机、电量满格的手机、灌满水的保温杯、鼓鼓的背包，让人有安全感。

清晨的空中有风，风里有隐隐的凉意，让人瑟缩。去学校门口的早餐店买了刚蒸好的热乎乎的烧麦和一杯豆浆。乘坐的大巴前，教官热情地打招呼，并递给我一个崭新的口哨。车上的孩子们叽叽喳喳，按捺不住激动的心，我粗略浏览一圈，只有一个孩子是我曾经教过的，然而很多人认识我，他们一边打闹一边朗声唤我"肖老师"。我打开单反开关，说"我来给你们拍照吧"，于是他们就笑嘻嘻地卖起萌来！

大巴一路前行，孩子们和教官开玩笑，拿了打乱的魔方央求教官限时拼装，但是，他们打错了算盘，因为面前的教官是个隐藏的魔方高手。那绝妙的手艺唬得男孩子瞬间膜拜。气氛热闹起来的时候，教官拿了话筒，开始凭借自己的号召力把整个车厢变成了欢乐的海洋：说故事、讲笑话、玩成语接龙、做游戏，当然还有嗨歌。

教官是不唱的，他只忽悠孩子们唱，还真忽悠成功了。班长，一个看起来安静沉稳的男孩子，他羞涩地接过了话筒，唱的是《沙漠骆驼》：漫天黄沙掠过，走遍每个角落，行走在无尽的苍茫星河，白天黑夜交错，如此妖娆婀娜，蹉跎着岁月又蹉跎了自我，前方迷途太多，坚持才能洒脱……教官给他递手机看歌词，我一边录像，其余的孩子们一边鼓掌，他安安静静地唱，稚嫩的声音里有一种别样的感觉，那深沉的样子看起来像一个成熟的大人。不过唱到后来，那紧憋的冷漠就坍塌了，开始笑，笑容溢了一身。

去的第一站是理工大学，老校区的大道两侧有高大葱郁的行道木，树下有年轻的男女在拍毕业照，穿了学士服的女生看起来温柔极了；清一色男生的班级，他们着了西装，打了领带，在礼堂前摆造型；绿茵场上有学员们在打太极……都是青春洋溢的年岁，让人无端地想念起大学的时光，璀璨夺目，永远无忧，永远张扬！

学生们心情极好，站在那些大哥哥大姐姐的身旁，听他们讲故事，那入神的样子异常可爱。随后拓展活动、动员大会、颁奖仪式、庄严宣誓、生活科普……一项项节目之后等来了午餐，一番狼吞虎咽，觉得满足至极！

坐在理工大的绿茵场上休息，第一批吃完饭的班级已经在教官的带领下开始踩气球，海燕姐姐给我买了雪碧，然后又跑去和学生玩游戏了。绿色的场地上，红色校服，黄色遮阳帽的学生们亮眼得很，吸引了许多人的驻足。

下午参观博物馆，学生们依旧热情高涨，脱离了学校，作业，家长，老师，那些十二岁左右的孩子瞬间像脱缰的野马，肆意妄为！笑啊，闹啊，我定格了他们许多的快乐！

返程的时候，我在车上眯眼睡觉，精力充沛的教官又开始组织孩子们唱歌了，男孩子一直吵着该唱哪一首呢？直到，一个女生柔柔的动听的声音响起，青涩生动，那歌声悠扬地飘到耳旁。

"最想要看到是你的微笑，在我的眼中你是最好。肉麻的调调你不会知道，我爱得静悄悄……"

车里静悄悄的，再等她慢悠悠地唱完！

我在心里也和她一起唱：世界突然变得好安静，只剩心跳的声音。

然我不愿睁眼，只这样静静地听！

种植一片光芒

又是一年六月。藕花无数满汀州的六月，枣花未落桐荫长的六月，属于高考的蛙鸣蝉噪的六月。

淅淅沥沥的雨落下来，急，且夹带着这个时节特有的闷热感，扑面而来。在雨中打车，去往犹中。走过长长的龙门路，香樟树的叶子苍翠欲滴，在风雨中静默。三三两两着了校服的女孩子一路低语，孔子雕像旁的三层教学楼里，还能听到男孩子背书的声音。

这是我离开母校整整十年的时间，十年前的今天，我还是稚嫩的少女，为第二天的高考彻夜难眠，十年后的今天，我打着伞踩了轻快的步子，走过每一处熟悉的景致。唯一改变的不过是从台下走到台上。

考前会议定在图书馆楼下的报告厅，伴着窗外的雨，恍惚中时间好似在光影中重叠，我又看到了当年那些青涩的画面：十七岁的自己在讲台上飞快地按着抢答器；从老师手里接过的奖品；晚自习的中途溜进来看的 Sky 乐队中那个手指修长的钢琴手；还有喜欢的男生在站起来低声回答外教的提问……那些，统统属于少女的时光，慢慢地把我拉回了那年的夏天，知了在唱歌，我趴在阅览室的书桌上午睡，同桌在安静地做习题。

图书馆门前的栀子早已移植，榕树疯狂生长，最爱躺的草坪上，假山依旧，草却不再茂盛，夏雨园旁边的石凳屹立如常，却不知春华园的小池里，是否还有金鱼在游？四季常青的树木不改旧日的容颜，垂柳在风里摇摆，只余曾经那个极其自卑的少女在岁月的罅隙里悠悠然，低了眉。

是的，你不会知道曾经十六岁在这个校园里念书的我，是隐藏在所有明媚背后的暗影，安静沉默，有着那个年龄不该有的自我厌弃，静悄悄地一个人。而今身为教师的我清楚地明白那样的学生其实引不起他人多少喜爱，大概就是那种拍集体照少一个都没人发现，走在路上任课教师也叫不出名字的女孩子？我以为就那样了，就那样悄悄地沉默下去。却不知这个世上总有人是你的救赎，总有人可以把你从暗无天日的光阴里一次次温柔地牵出来，告诉你，阳光很暖，风很轻，时光很美，你该笑。

我十六岁时的语文老师，一个刚刚大学毕业，俊朗而博学的人，我常常想不明白，为什么在那么多优秀的孩子中，他独独可以对一个自卑的女生偏爱地有恃无恐。是的，偏爱，偏爱到认真地在你每一篇周记后留下大段的话语，因为英语差，在语文的早自习里他一遍遍地教你发音，被数学老师责骂时会护着你说：她语文经常考前几名，数学也总能学好的。然后再转过身和你说：别怕，咱慢慢学。外出培训回来会问你，最近的作文比赛有没有参加？等你告诉他，不敢擅自决定一件事时，会郑重地告诉你以后要为自己负责，要学会去把握去成长。遇到困难，想要像乌龟一样缩回壳里的时候，他说：你为什么要顾影自怜，为什么不明媚一点。他说一个女孩子一定要学会笑，可以偶尔故作深沉，但是也一定要温暖。他说他相信我，说我是个有灵气的孩子。

那个时候，我深深地迷恋郭敬明、饶雪漫、张爱玲，文字里溢满化不开的忧伤。他说我的周记本里，悲伤太甚。于是他给了我教师的借书卡，可以畅通无阻地阅读犹中图书馆里的书籍，他说，你去读书吧，去书里寻找快乐。然而我却用这样小小的特权一头扎进推理小说，武侠言情的世界，他又生气又无奈。他的课堂很是精彩，我从他的讲述里，慢慢知道施蛰存，知道巴金，知道史铁生，知道简·奥斯汀。也开始知道，其实每个人都是珍珠，可以在黑暗中发出耀眼的光芒。

他给了一个自卑女生无尽的关爱，也放任着我在那个年纪一点点享受自己的爱好并为之努力，他一点一滴地和我讲述他大学有趣的事情，让我在对大学的憧憬里走向明媚和温暖，真正找回一个花季少女该有的样子。

我至今还能想起，夏天午后的课堂上，他用低沉的声音讲述着《命若琴弦》，那是他最爱的小说。也想得起他把我叫到教室外面，里面是琅琅的读书声，他温柔的话语久久回荡：记住，生活不相信眼泪，你是有潜力的女孩子，老师的眼光不会错，知道吗？

后来的年月里，我依靠着他给予的那些温暖和勇气，和所有人打成一片，学习，交友，阅读，自己做决定。开始有很多人把开朗，明媚，优秀，才华横溢这样美好的词语赋予我，而我总是低低一笑，十足地把曾经那个内敛而渊博的二十三岁男子的模样学得滴水不漏。

时至今日，我依旧不知道自己是否真正成为了他心中想象的样子，我多想告诉他，学生竭尽全力，不过是想让他不再失望。却不知，他能看到吗？我亲爱的老师。

犹中的校园比十二年前更美，那些年轻的少年们亦比我当初更灿烂，倘若时光能倒流，我只希望我能静静地趴在十六岁的课堂里，听他唱一首年少的歌。

六月的明亮里，那些少年的眼里都是流动的光芒，芒种的日子里，如能把光芒种植，静待发芽，一定会开出美丽的花吧。

嘿，愿你们的人生里都能得遇宠爱，熠熠生光呀！

高考，加油！

四月悄悄走，五月静静来！

三月是以一场盛大的花事悄然结束的！

春光明媚，处处俱是看花人。拥有十里樱花的赣县，粉色弥漫，可是我总觉得不够，不够浓烈，不够惊艳，也许是因为曾经在最美好的年纪看过一座城市最绚烂的花朵，于是，人生后来的每一场花开，都显得那样寡淡无味！

四月初始，虽早已过了愚人节会开玩笑的年龄，朋友圈里却照例怀念起张国荣，想起这个风姿无双的男子，他说"我是不一样的烟火"。

这一天，上帝还是开了玩笑，它带走了三十多个年轻而又青春的生命，凉山的大火，用生命得以熄灭。可是，心里的火呢，如何扑得灭？

我做了差不多十年军迷，日常关注一些军事微博、公众号、论坛，那几日铺天盖地的消息，各种来自军人的声音，我竟不敢翻阅。想起大概前年，某次军迷漂流本活动，我在某个小镇，收到一个笔记本，里面记载了每一个城市里军人或军迷的点滴生活，在读完了几十个故事后，一个深夜，我提笔写下我的心绪，再邮寄到下一个城市。

犹记得文章的末尾我这般落笔：若有来生，我愿为男儿，一身豪气，军装在身，此生，唯祖国与爱不可辜负。

你看这世上，万丈光芒，真的是因为有人愿意帮你抵挡黑暗。

几日后，是生辰，一大早收到同一天生日的学妹的信息，那个学妹爱好文学，勇敢坚强，每年的这一天都会和我发信息，从不曾间断。也收到很多祝福，都是人生路上陪伴了许久的人，给予关爱，给予疼宠，让我恍惚中竟想落泪。深庭姑娘还和我打哑谜，她说：夕儿，给你的礼物在路上，想要给你不一样的惊喜。深庭，我十九岁在网络上认识的姑娘，曾经以笔为媒，铸就十年情谊，我是她永远的赣南女子，她是我不忘的金陵姑娘。

清明时节雨纷纷的时候，我在黑夜里看过一盏盏站台昏黄的灯光，抵达一座唤鲤城的城市。四月的雨极其绵长，哪里又比得上我深厚的情谊？

泉州，一个让人一眼就喜爱的城市，又或许是因为，因为一个人，爱上一座城。隔日驱车去厦门，逛多年前逛过的景致，戏台上，上演着各种人生悲喜的戏码，我在朱红色的宫墙下抬头看高翘的屋檐，像是回到了不知名的时光。

从福建返回后，匆匆忙忙，工作永远做不完似的。两天后，接到出差的任务，于是和同事踏上去往温州的列车，五天的培训，只为寻找最美语文的课堂。列车越靠近那里，越浓厚的江浙风情便呈现出来，宽阔的平原，方正的稻田，还有典型的江浙人家民居。那个晚上，我在 26 楼的窗前拍下了温州的夜色，璀璨而又迷人。

日日往返于酒店，会场。晚上偶尔逛逛温州的街市，和赣南比起来，那座城市的不同便在于，晚上九点左右，所有的商场，店铺均开始打烊，这种悠闲的方式让人觉得敬佩又羡慕。

听课时，课堂有精彩有枯燥，学习也许就是一个取其精华去其糟粕的过程，名师又如何？沉下心来，不过是问一问自己：真正的语文如何教？

在温州，接到快递电话，把曾经写过的琐碎文字集合，精心设计，印刷成小册子。现在快递抵达，我欣喜无比，像孩子一样愉悦。央朋友拍了照片，封面漂亮，赏心悦目。我多想把生活琐事记录下来，一支笔，就这样写啊写啊，写尽凡世种种动人的时光。

结束培训，回了犹城，开始又是忙忙碌碌。收到了深庭姑娘神秘的礼物：一套汉服。清雅素净，广袖飘逸，深庭说：夕儿，你那样的姑娘，应该有一套汉服。她一直就知道我的心思！所以，千里迢迢寄到我身旁。其实，我家先生给我买的也是汉服。爱人，知己都懂你，真好！

开始把自己印刷的册子送到那些给予我帮助的人手中，写上深情的寄语，盖上印章。朋友煌说：哎呀，夕姑娘怎么那么能干！十七八岁的时候，煌，青夜，依然，还有我是不知愁滋味的年纪，我曾说以后一定写一本书送给他们！这些年，我不曾写过一部有感觉的小说，功夫不到家，于是我把所有随笔集合成一本《是良辰》，只为了他们！

煌发信息给我：你原来还记得这个承诺呀？我微微一笑，怎么可能忘呢，十八岁的天空下，我是他们前桌腼腆而安静的女孩子，听同一副耳机看同一本小说，他跑遍整个犹城的音像店终于为我找到黄阅的专辑。青夜偷偷地给我过十八岁的生日，印了一本照片，给我买下《媒体的真相》，他是始终相信我会走上新闻道路的人，依然呢，她是日日陪在我身侧，绕着操场一圈圈分享煌和青夜也不知道的秘密的少女。

良辰多好，终有一日，我会不负他们所望。

遇上周末，回乡下，去往曾经的工作地，邀朋友吃饭，聊天，胡侃，八卦。去路边采桑葚，摘枇杷，去山里折鲜嫩的竹笋，去河边采新鲜的莓果，和妈妈坐在屋檐下，挑选一朵朵金银花，晒干，以便泡茶。在邻居表嫂家，做馒头，当清香飘逸出来时，我不自觉地露出了笑容。

第二天，辛苦编辑的文章，因滑稽的错误变成空白，我在朋友的房间里欲哭无泪，生活啊，笑笑哭哭，原来是这个模样。

全县新闻写作培训班的参训任务下来时，我刚参加完孩子幼儿园的亲子活动不久，幼儿园举行绘本大赛，拼爹妈的时代，我用拙劣的画笔赢回一张"最佳色彩奖"和一个毛绒玩具，彻底和自行车、滑板车无缘，孩子看着那个毛绒玩具直嫌弃。我说：宝贝，对不起，妈妈的绘画水平有限，以后如果考写文章，妈妈一定给你赢奖。

去参加新闻通信员培训班，来自全县各单位的通信员，一共培训两天。第一天理论知识讲座，第二天采风制作新闻宣传。上交的作品主题是宣传富硒茶文化。晚上，本想好好谋点思路，甚至当晚还有朋友给我送了两罐茶叶，然而来不及喝，课题研究的任务接踵而来。

去总务借了笔记本电脑，耗到晚上十二点才完成课题。第二天在睡眼蒙眬里，起床，送孩子上学，跟随大部队去外出采风，去工业园参观，去新建的景点天沐温泉看宣传片，去茶园采茶。十二点回到学校，吃过饭后已经一点半了，如何在三点半前完成作品呢？

心烦意乱里，我拿了笔记本，在本子里默写诗，各种各样的诗，直到写到那句"浮云吹作雪，世味煮成茶"时，便在嘴里，不断念不断念，瞬间头脑清澈明亮。

人世浮躁，如此就煮一壶茶吧，那茶的故事里，有我所有要表达的东西：听来的故事，朋友的情意，和美的家庭。我在办公室敲完最后一个字时，像在悠悠茶香里经历了一段缠绵的故事。

一等奖的结果，自是欣喜，没想到的不过是那铺天的刷屏和手机里似乎回不完的信息。原来，最平淡最真挚的生活细节真的可以打动人。

收获过鲜花掌声后，我一夜好眠。

四月的结尾，跟队，带孩子们出门，探秘博物园，参观理工大学，来一场研学旅行。孩子们欣喜无比，我一路定格许多灿烂的笑脸。下午收到了好友参加市级赛课获一等奖的信息，这愉悦又深了几分。

夜晚，小雨淅沥，以一顿祝贺的饭局宣告了这纷繁动人的四月。

时光良好，想见的人去见吧！要去的城市，就去奔赴吧！你要相信，撞过的南墙，会变成坦途，再深的瓶颈，也能看到曙光。

四月，四月，你悄悄走。已经到来的五月，愿你我更好！日子更可人呀！

一只鸟儿的自白

我是一只从出生就从未触摸过高空的鸟儿。

从小我就和妈妈生活在一个网绳环绕的笼子里。笼子并不大,但是很坚硬,我只得偶尔把尖尖的嘴伸到外面。除了瞄一瞄外面的世界,妈妈最喜欢的就是和我讲起久远之前的故事:孩子,妈妈曾经很爱唱歌。"那为什么现在不唱呢?"我轻啄着身上棕褐色的羽毛轻轻地问。这个问题妈妈并没有回答我,她只是用那尖尖的小嘴抵着我的头顶,低低地叹了声。

哦,对了,我和妈妈还有一个好听的名字,叫作:画眉。

因为遗传,一直以来,我就知道我长得极其漂亮。修长的身体,流线型的外廓,橄榄色的羽毛,下腹还有黄褐色和白色交错的花纹,蛾眉美丽,在眼边均匀地延伸。最厉害的是我的"喙",它能啄食,梳理羽毛,当然也能鸣唱。我从妈妈日复一日的故事里知道,她曾经还是山林里的"天籁歌者",不过,妈妈嘱咐我,不能在这笼子里唱歌。所以我并不知道,唱歌的滋味。

"这种鸟儿十分机灵,擅长唱歌,叫声动人,古人都说它的叫声代表'如意',今天大家看到的画眉可是万里挑一的品种!是我们公园特地

155

从……"一圈一圈的绳网外，有一个手持喇叭的女人高声向一群游客介绍着。

我好奇地盯着他们，而妈妈扑扇着翅膀，把我小小的身子推到了身后，瞪大了眼睛一动不动盯着外面的他们。"真美，真美啊"他们不断地发出赞叹，"咔嚓，咔嚓"他们手中的黑色小方块发出响声，一道闪亮的光线划过又消失。接着，他们就围在一块研究，一边看一边说：这角度真好！多美的颜色啊！我躲在妈妈的身后，感受着她那瞬间僵直的身子，倏地一声，妈妈扑棱棱飞起来，在这小小的笼子里乱窜。我从不曾见到她这个样子，几片羽毛飘下来，脚底那小碟满满的灰黄色谷食，也颓然地洒了一地。

待他们走后，我走近蜷缩着的妈妈。她漆黑的瞳仁里只剩下了黑色，空洞洞的，然后她抬头望向湛蓝的天空，又一遍讲起了那些久远的故事。

于是我慢慢地好像也看到了湛蓝的天空，那是我从没接触过的，那么柔软，那么明亮；我在山林里用轻快的翅膀飞翔，从一棵树上飞跃到另一棵树上；我停在清晨的枝丫上愉悦得听森林里小动物的欢叫；偶尔，我飞向清澈的溪流边梳妆，在草地上，我迈着优雅的步子行走，我饮下清凉的露珠，我吃下清甜的果实，美妙极了……突然一声呻吟传来，妈妈正抖动羽翼，用橘色的喙去整理背上的黄色羽毛，然后它硬生生地拽下了一片。殷红的液体渐渐渗出，一身羽毛被撕成一片一片。我知道那是由心底产生的憎恶，它们是使它被困网下的罪魁祸首。

夜晚我窝在笼中，守在再也不会和我讲故事的妈妈身边，也想起星星，想起流水穿过大片森林，想起阳光毫不吝啬地附在我的羽毛上，也想起妈妈说"孩子，没有自由我宁愿死。"

没有丝毫征兆。第二天，人们看到，一只年弱的画眉拍动双翅，猛地冲向巨网，它一直冲一直冲，直到网绳压住它的身体，它被缠绕在网中，左右扑腾。

最终，唯剩一声凄惨的鸣叫！。

第五辑　一曲清歌

倘若时空能够穿越，不知道我是否有缘可以如处士崔元微一样，遇得百花所化的女子，如若遇上，定要美酒佳肴相待，听风酌酒，共醉良辰。即使一场梦，也是好的。

旗袍

对于旗袍，我有着一种近乎偏执的热爱！

衣柜里便有几件旗袍，衣领半立，蕾丝花边点缀的那件绣了淡雅的蝴蝶；微收腰身，竖条暗纹面料的那件，一朵山茶花静静开在襟边；棉麻复古风的改良款，小小的中式盘扣温婉而细腻；粉色那件端庄文静，光泽晶亮的仿珍珠装点前襟，弥漫着大家闺秀的内敛……

我相信每个女子都有一个旗袍的梦，那举手投足里，都流露出无尽温柔，一颦一笑间，都展示出雅致风情的梦。都说旗袍挑人，身高、身材、气质、神情都得考虑其中，一个女子，倘若身材婀娜曼妙，柔软的旗袍勾勒出优美的曲线，衣领未全遮住那白皙的颈子，一双玉腿在开衩的裙摆间摇曳，再加有那古典的气质，那真活脱脱如同从久远时空穿越来的闺秀，让人移不开眼了。

我身材并不曼妙，甚至随着孩子的出生，那原本还算细细的腰肢突然就圆了几圈，莫说旗袍了，就是曾经宽松的裙子套上去都怪异了几分。旗袍啊，好像一下子就远离了我，那种莲步轻移，风姿绰约的梦呵，竟不敢再做了。

可是心里总是痒痒的，不甘心。

直到有一次，去看一场社区举行的晚会，里面有个节目，旗袍秀。我以为演员都是年轻漂亮的女孩子，不曾想是一群退休的大妈，她们不再年轻，身材也不再苗条，甚至那小腹上还有隐隐的赘肉，可是当她们在舞台上扬起自信的笑容，当她们在闪光灯下施施然向你走过来，竟也是那样美呢？那种经历岁月沉淀的美丽，这般妖娆动人。

旗袍这种中国的传统服饰真是什么时候都能穿啊。你看，五六岁的女童着旗袍，梳了小辫子，乌黑乌黑的大眼睛，那灵动中带着顽皮，顽皮里充满童真。十四五岁的少女着旗袍，羞答答的，是青涩，是美好，倘若剪了短发，可像民国的女学生了，让人越看越喜欢。二十多岁的姑娘穿旗袍，最是灵动曼妙，亭亭玉立的，像朵鲜嫩的花儿，赏心悦目。三十多岁的旗袍女人，则让人想起章子怡，张曼玉，成熟，优雅，美到了骨子里。四十岁之后的女人，一身旗袍，时光沉淀，岁月浮沉，风霜早已刻在脸上，她们稳重端然，充满故事，让人不由得好奇那曾经的青春韶华。

台上穿了旗袍的她们又在摇曳着，我竟突然被震撼了，哪管什么胖瘦美丑，取悦自己才最重要啊。

这样一想，心里就开阔了，啥也不管，穿就好了，即便不再如少女般苗条。

于是选了一个阳光很好的上午，约朋友相聚，出门前，在柜子里细细挑了淡青的一件旗袍，化淡淡的妆，戴了小巧的耳环，那精心打扮的样子像赴一场盛大的约会，而满满的仪式感都是这一身旗袍带来的。

去的是朋友的茶室，窗明几净，凉台穿风，喝茶正好。我的朋友亦是有着古典情结的人，嗜茶，爱花，喜文，擅琴，当然也爱旗袍，而因着这一身衣裳，喝茶的每个动作都似慢了下来，唯有氤氲的茶香里，她那素白旗袍上的一朵梅开得正好。

和旗袍绝配的除了茶还有古镇。老旧的青石板上，镂空雕花的窗棂下，走过的那个穿了旗袍的女子，像什么呢？像诗，像画，还是像婉约的小令？我去古镇游览，常常能见到那样美丽的女子，亭亭玉立，娇小玲珑，在古老的巷子里，流淌着。那万千风情，随着风飘过白墙，飘过黛瓦，飘进每个人的心里。两侧的店家会贩卖油纸伞，撑开的伞面上描有各式的画，这一柄小伞啊，便是旗袍女子的爱，它随着那婀娜的身子漫步，若是洒了细细的雨丝，那意境就更美妙了，撑伞的女子总会让人想起那丁香般的惆怅。

"撑着油纸伞，独自彷徨在悠长、悠长，又寂寥的雨巷，我希望逢着，一个丁香一样的，结着愁怨的姑娘，她是有丁香一样的颜色，丁香一样的芬芳，丁香一样的忧愁，在雨中哀怨，哀怨又彷徨，她彷徨在这寂寥的雨巷……"

戴望舒笔下的那个姑娘，一定是着旗袍的，唯有旗袍，才能这样唯美婉约，才能让这诗情画意的场景深深镌刻在每一个读者的心里，凝结起所有人心里关于忧愁的情结。

旷世才女张爱玲一生钟情旗袍，至死依旧旗袍加身；林徽因有年轻时身穿旗袍的照片，优雅迷人，晶亮的眸子宛如人间四月；电影里张曼玉有换不完的旗袍，每一件都精致绚烂，如梦似幻。哦，还有金陵十三钗，那款款走来的模样啊，摄魂夺魄。

我真是找不出什么词来形容旗袍了！它可以婉约，可以妖媚，可以细腻，可以灵动，可以优雅，可以性感。旗袍，可以包含一个女性所有的美。

顿时想起乍见旗袍的时候，还是学生，和一群好友逛街，进了一家手工旗袍店。在室友的怂恿下，换上了一件胭脂粉色，桃花剪花，圆珠镶缀的旗袍，那是我第一次见到自己穿旗袍的样子，有一种含蓄而沉静的美。好友们一个劲地夸，说这简直就是为我量身打造的一般。那一刻，我看着镜子里那个温婉的女孩子，心动极了。可惜，囊中羞涩，唯有短暂地拥有过那一刹那，又不着痕迹地让那丝喜爱随了风去。

从此，旗袍成了我心底最柔软的情愫，成了我的梦。于是发愤努力，直到，那个曾经囊中羞涩的自己可以拥有许多钟爱的旗袍。

此刻，镜子前，我细细端详，淡扫蛾眉，轻施粉黛的女子啊，与那个舍弃了一件昂贵的旗袍，也舍弃了短暂的美丽，于朴素中求学的女孩，好似早已过去了许久许久。

旗袍，旗袍！

是旗袍成全了我，也督促了我。

风过无痕，记忆终是留在了深处，只剩那开衩的襟摆微微摇曳。

最爱一抹紫

微信群里，有文友分享了一个视频：马鞭草开满整个广阔的田野，紫色层层叠叠，酿成了花海，紫色的海。

所有的颜色里，我对紫最是钟情。

紫，是热情的大红与宁静的冰蓝凝成的色泽，暖色与冷色的结合，让它既有了内心的热烈，又葆有安静的性子，优雅而迷人，高贵而烂漫。

文友拍摄的马鞭草位于犹城附近的一个小村子，沿着路边的田地连片种植，这种多年生直立草本植物，最高可达120厘米。每年六月开始，淡紫的小花便一朵朵冒出来，然后形成一簇簇，继而缠缠绵绵汇成一大片，远远看去，仿若蒸腾出的紫色的云霞，煞是好看。栽花的田野边有白墙黑瓦的客家民居错落其间，木质小道细细蜿蜒，紫海深处有彩色的几架风车挺立。花海靠近公路，公路边，树木繁盛，远处，山峦青绿。是近年新建的旅游区，每到花开，游人如织，年轻的女孩子尤其多，她们在花海中赏花、拍照，这紫色的背景衬托得她们越发笑靥如花。人在花丛中，当真是盛夏最为美好的画面。

马鞭草的淡紫，恬静柔和，竟有一种让人甘愿远离红尘只想稳居这城郊古村的蛊惑。

其实，喜爱的花草里，名字都含着"紫"字的也不少：小时候常常种在花盆里能开出精巧花朵的紫罗兰；作家笔下"花朵儿一串挨着一串，一朵接着一朵"，宛如流动瀑布的紫藤萝；早春时节，散发着清香，渲染着庭园的紫荆；还有"青鸟不传云外信，丁香空结雨中愁"里藏着淡淡愁绪的那一株紫丁香。

我喜欢紫，从淡紫到深紫，从紫红到紫蓝。这是多么神奇的颜色，所有染了这色的事物，好似都能瞬间让人安静下来。曾经热衷手写书信，尤其着迷那带着淡淡紫色的信笺，我在那紫色上写下欢喜，写下哀伤，然后投进邮筒寄给远方的朋友。那紫，承载着一个少女的友情。后来我去旅行，四川紫色的蓝花楹开得漫天都是，如梦如幻，我一个人在树下行走，有风吹起，紫色的花瓣纷纷扬扬，拂了一身还满，突然想起某个人，心里一阵落寞。那紫，铭记着一个女子的爱恋。

在喧嚣的人世间，紫像磁石吸引着大家的目光，它宁静优雅，唯美浪漫，是惹人心动的颜色。谁能拒绝这样一抹色泽呢？就像你拒绝不了绵延百里，紫色翻腾的那片薰衣草，如同你无法抵抗低头轻闻的那一丛开花的风信子。

传统文化的轨迹中，古人也是爱紫的。这紫色蕴帝王之气，圣人之相，宫城巍峨，唤作"紫禁城"；朝堂肃穆，官阶森严，以衣衫色泽定品级，达官所穿为"紫袍"；御笔诏书，紫泥封印，称"紫诰"；文人墨客，落笔成章，这笔叫"紫毫"。还有什么"紫坛""紫盖""紫闱"，真是说也说不尽。传说老子过函谷关时，关令尹见紫气自东而来，便知圣人即至，果真不多久见老子骑青牛而来，于是又有了"紫气东来"这一表示祥瑞的词儿。

穿越千年而来的紫，带着满身高雅与贵气，就这样融入人生的画板里，变得朴实而寻常，它在乡野里随处可见，是小女孩采下的那朵小小的紫花地丁；它在衣柜上悄然停驻，是爱美的姑娘穿上去赴约的那件紫色衣裙；赤橙黄绿青蓝紫，万紫千红总是春，它还在孩子们吟咏的诗句里缓缓地，缓缓地随着稚嫩的童声飘荡。

而很久以前的它，却并不是亲民的姿态。两千多年前的春秋时期，五霸之首的齐桓公喜穿紫服，不曾想，这豪华的紫服引得官员们竞相效仿，一时间，豪华之风盛行，"一国尽服紫"使得紫色衣料价格疯涨，最终国家经济混乱，百姓们叫苦不迭。齐桓公忧虑重重，求助管仲后听取建议，割舍自己对紫服的热爱，但凡遇到身穿紫衣的官员，齐桓公皆表示厌恶，如此，上行下效，境内官员百姓竟无一人穿紫色衣服。齐国经济复苏，再现一片繁荣景象。

这是中国古典文学著作里关于紫的故事，而在西方，紫色，则是王权的象征，高贵的紫由于染料的珍贵以及制作工艺的复杂，让这一颜色只能供国王以及王室成员使用，而普通百姓一年的收入也许买不上一件紫色衣裙。

如此庆幸，今天的我们不必费尽千金渴求一件紫色衣衫，商场里，紫色的服饰随处可见，年轻的女孩子一袭紫色，美丽而动人。抛却以往的贵重与豪华，紫，在时间的洪流里，接近了每一个热爱生活，热衷美好的普通人。

多好，我的衣柜里亦有一件紫色长裙，待得天气尚好，我愿穿上它，去朋友拍下的紫色花海里流连。

一想，真是心动啊，为这花的海洋，也为这迷人的紫！

邂逅

　　爱上一抹古风古韵，虽然早已忘却是从唯美的诗词中，还是从武侠剧里那些女子顾盼生姿的眼眸里？只知从此便与古典有扯不完的情结。

　　烂漫，诗意，古朴，典雅，是苏小小眼角的浅笑，是红拂婀娜的舞姿，是秦淮八妓画舫里沉醉的歌声。倘若我亦是古风里的某位绝色，是否该有幸觅见她们的容颜？

　　一直在想，前世的我会是怎样一个女孩子？是江南富贵人家对镜梳妆的大家闺秀？还是秦淮枕水人家浣衣的小家碧玉？是细腻柔婉？还是娉婷雅致？是琴棋书画皆通，吟诗作赋不输男儿的奇才女子？还是奉行女子无才便是德，于深闺中，做着精致的女红？

　　犹记得，读书时代，曾有一位爱画画的同桌。短发，大眼，是一个美丽的女孩子，画些美丽的画，当然画的最多的便是古代的女子。一片雪白的稿纸上，轻轻勾勒，一位温婉的女子便从古风中款款而来。她画画极为细致，细致到那些女子的眉眼。她安静作画的神态一如我读宋词的模样，沉醉于那古色古香的梦里。偶尔她会抬起头和我商量那些女子该用怎样的发簪，或戴怎样的耳环。那些画夹在一本厚厚的笔记本里，如果有

165

同学喜欢，她便任其挑选。然后移至我的面前，我便在画的空白处抄上一首美到极致的宋词，兴起之时，也会自己作一两首，再为那些画里的女子取一个或美丽或哀伤到令人沉醉的名字：拂烟、莫如、淡墨。最后联手相送，这样的默契让如今的我想起，依旧温暖。

"小轩窗，正梳妆""娇如醉，倚朱扉""墙里秋千墙外道，墙外行人，墙里佳人笑"轻吟这些诗句，似乎可以看到那些美丽柔婉的女子，穿越千年，对我盈盈浅笑。好像几千年前我就和她们吹一样的风，看相同的月，从来不曾离开过。

我一直都在，从未离开啊。西湖的那个雨天，我看着白娘子与许仙，一把雨伞撑开千年的爱恋；大明湖畔，我曾陪一往深情的夏雨荷抚琴而泣，遥寄思念；在紫禁城里，清冷的月下，我伴失宠的主人垂泪对素娥；在漫漫古道上，我看着一个个倾城的女子，远嫁塞外，泪滴落在滚滚黄沙中，奏起黄昏的悲歌。

一场相遇，和她，和她们，于千年的古风里。

阁楼上，胭脂香弥漫，精致的木梳残留着发香，案几上，仿佛又见你执笔的模样，木板上，似乎还残留你轻巧的秀足，踏出的声响。

画画的同桌也曾送我一张画。

画上，你环佩叮当。

画上，你裙裾飞扬。

画上，你莲步婀娜。

那如花的笑靥，让我似乎又回到几千年前的某个季节，植满桑葚的庭院，高墙围绕的天井，我们曾仰望天空，清风拂过，扬起我绣花的衣裙，也扬起千年的梦幻。

千年的邂逅，等待千年，不离，不弃。

醉美《竹里馆》

独坐幽篁里，弹琴复长啸。深林人不知，明月来相照。

——王维《竹里馆》

夜，深了！

有风刮过来，缓缓地摇曳着青色的竹，月光如水，洒下一层层盈白的光辉。

现在，是夏末？还是初秋？

叶影交错的竹林，袅袅依依的丝乐，轻盈飘逸的清风，皎洁透亮的明月，这里也许是另一个人间？

一袭青衣的男子出现了，在幽静的竹林里，那株最修长的竹下，最灵秀的石旁，那石长满青苔，青苔缠绕，透出些许凉意。他依竹而坐，摆弄长袖，抚弄琴弦。修长的指间若隐若现，拨出的丝乐，弹出的清音，在这茂盛的叶叶相缠的竹林间一丝丝晕开。如高山垂下的清泉，如芭蕉滴落的雨露。在悠扬而清越的琴声里，一颗浮躁的心，便悄悄地，悄悄地，归于平静。

孤独，是一种多么难忍的情感。月亮隐隐约约透过来，穿过山林、竹叶，抚琴人望着静谧的天宇，望着皎洁的明月，广寒宫一片寂静：那只温顺的玉兔已慵懒地睡着。桂树是否结了花朵？伐桂的吴刚又在何处？美丽的仙子，此刻在对镜梳妆还是临窗描眉？

"嫦娥应悔偷灵药，碧海青天夜夜心"，那样的清冷之地比之人间又如何？她会孤独吗？一如这林间抚琴的歌者。

这样月色如水的夜，该携带一坛上好的美酒。或竹叶清，或女儿红，或兰陵。它可以消愁，消了尘烟往事，也消了宦海浮沉。酒香在空气中氤氲开，他举杯邀月，月便沉醉在酒香里。

于是又抚琴，或长啸，或悠然，或婉转。一个人的吟唱其实是更多人的应和。他想，在这一片茂盛的竹林的远处，山的更远处，更为广阔的那一边，是怎样一方天地。

应该有一座静谧安卧的村庄，有一片阡陌交通的田野。白日，有女子采桑，有农夫荷锄；傍晚，有孩童嬉戏，有牛羊归圈；夜里，灯已熄，房间里传来忙碌一天的农人均匀的鼾声，稚嫩的婴孩在母亲的安抚下熟睡，偶尔，那只忠心的黄狗会朝空旷的庭院低吠一声，小院角落的那株蔷薇悄然开放，或者还有虫儿的欢叫，蟋蟀的歌唱。

无拘无束，放浪形骸的琴声依旧在响。寂静的夜，一颗净化的尘心，一点点，一点点，碎碎地融在琴弦里，融在身心上，融在歌声里。

歌月相对，人月相和。月啊，可否告诉我，这竹林，这山外，这川外，或是更远更远的地方，此时，是什么时节？

良辰多好

"百花生日是良辰，未到花期一半春，万紫千红披锦绣，尚劳点缀贺花神。"

当我读到清朝诗人蔡云的这首诗时，一翻日历，花朝节早已过了。

花朝节盛于武则天时期，因武皇嗜花成癖，每至农历二月十五日，便令宫女采集百花，和米一起捣碎，制成花糕，赏赐群臣，由此上行下效，渐渐成一重大节日，名花朝。花朝节，民间亦有游春扑蝶，制作糕点，赏红，晒种祈丰等习俗。阅至此，心便欣欣然地欢喜起来，一闭上眼，就好像看到了那天地清明，一派繁花似锦，春光肆意的景象，还有曼妙的女子身着春装，穿庭入院。春深处，百花齐放，夭灼之艳，真个不似人间。心里突然就醉醺醺的了。

岁月更叠，也不知道如今还有多少人记得那些盛大的日子。当热热闹闹的圣诞节、复活节越来越充斥我们的生活，当那些与传统节日有关的风俗慢慢远离我们的心灵，旧年那些惊天动地的悲喜悄悄地变成一个寻常的没有起伏的日子。我们还能相邀着去踏一踏春日的山野，还能去扑一扑粉嫩的蝴蝶么？

这样的三月，天地间，早已百花成洲。

下班的时候，骑车去邮局取最近一期的旅游杂志，俱是三月赏花攻略，信手翻来，不读文字，单看着那些灼灼的鲜花，心早已怒放。偶尔也会收到从天南地北发来的信息，那些人都是心思通透的妙人儿，在我的锦绣年华里相知相惜，她们说：素浅，陌上的花儿都开好了。然后伴在信息后的就是一幅春光摇曳的图画：樱花缀满了枝丫。

一句句，一帧帧都是春之心情。

一千多年前的那个早春之夜，一个庭院，一位处士。他庭院赏花，夜晚入梦，见一群美貌的女子手捧百花，泪眼涟涟前来谒见，她们哭诉：我们都是花精，遇风神阻挠，刮得百花摇摇欲坠，姐妹们都不安心，眼看着花期将到，我们恳请郎君帮上一帮。处士不辱使命，于大风刮起前，备上锦帛，挂满园中花枝。那晚，百花怒放，虽狂风大作，可是枝上的花卉因了彩帛，一朵也不曾被吹落。

这个隔了千年的故事被泛黄的史书刻录，成了一场烂漫的传奇。后来，处士相帮百花怒放的那一天被当作了百花的生日，悬彩护花恰在五更，五更在"朝"，百花生日便叫"花朝节"了。

倘若时空能够穿越，不知道我是否有缘可以如处士崔元微一样，遇得百花所化的女子，如若遇上，定要美酒佳肴相待，听风酌酒，共醉良辰。即使一场梦，也是好的。

那日，就真是与女友一起，搬了两张竹椅，坐于屋下。就着屋外的桃红李白，没有酒，亦无清茶，只细细地嚼些蜜饯果干，檐下有清和温柔的风，远处有青绿色的山峦，粉红色的桃花偶有几片轻飘飘地落下来，我侧身看女友，她是清秀可人的女子，眉目间丝丝明媚，似装了满世界的喜悦。这春风夭夭，也适合读一册古典的文集，后有所感，再匆匆提笔写一个春风夭夭的故事。

不知你是否也有这样的思绪，深觉春光短暂，日日年年都像不能尽兴，况自身还是慵懒倦怠的女子，这样的如烟春色，该是与命定的良人携手，游遍芳丛。如此，即便流年易逝，大概也是好的，是幸福的。

不知人生好时节，你愿与谁共良辰？

病隙碎笔

　　冬阳穿破云层，投下一缕缕金光，再越过河岸边树木的枝丫斑斑驳驳地扯出种种光影，有上班的人骑车急速而过，晨练的老年人悠然摆动着双臂。

　　诊所里，我坐在一张有些年头的竹椅上，静静地等待医生看完前面的两个病人：一个年幼的孩子还有一个青年。待医生低声唤我过去时，我早已走神了半刻。"嗯，咳嗽呢，总不见好"我轻轻地告诉他情况，继而把我最近吃的药也一一罗列给他。张医生沉思了一会儿，便叫我伸出手来号脉，于是我便伸过手去垫在脉枕上，脉枕有些泛白，他从医多年，这个诊所好像从我记事起便在这里了。他静静地触着我的手腕处，然后瞧了瞧我的脸说：有点憔悴，你昨晚没睡好？我点了点头。

　　"很多天了吗？"他接着问。

　　嗯，是的，我已经忘记有多少天没有睡过一个好觉了，包括前一晚，纷繁复杂的思绪萦绕在脑海里打成了死结，头昏脑胀，偶尔剧烈地咳嗽使得整张脸都滚烫滚烫地厉害。那种难受的时刻里，我依旧还能在第二天爬起来整理完了最后几份材料，也依旧还能承受对自己教学的种种自责和对孩子们的愧疚，当然也依旧笑盈盈地和别人开玩笑。

好像凭借着年轻，我们总是肆无忌惮地折腾着自己的身体，不肯投降，像有使不完的劲，也愿赌不服输，丢个色子都非要扔个大的数字才愿意。熬夜，是年轻人的通病，待得这身体真承受不住了，于是又因为病痛带来的麻烦而生气，于是就得拼命地发泄，可是又不愿意告诉任何人听，于是就积压着，自己怨自己。

"长时间受凉，寒气入体太深了"张医生说。"那我要怎么办"我盯着他打字的模样问。"中药贴敷，再配合西药治疗"然后我就瞧着护士姐姐在我的喉咙外下方敷上冰凉的药贴。回去的时候，他说："还是多休息吧，荤腥生冷酸辣的东西都忌一忌"，我点头说："诶，记住了。"

谨遵医嘱，多休息，于是奇迹般睡到上午十一点，其实也说不上睡着，脑海里依旧杂乱无章，压迫地脑神经隐隐作疼。已经放了寒假，校园里空荡荡的，便戴了口罩去办公室收拾东西。回到宿舍，用一个半小时精心熬了粥，吃了两大碗。然后又一顿昏昏沉沉的静躺，间或和一个好友聊微信，讲电话。

傍晚时分，起床去拿快递，接到局里开会的通知，告知生病便换了同事参会。在隔壁同事的房间看一个小女孩在床上蹦来蹦去，觉得，孩子的世界真好。同事邀我看电视，于是两个人静静看完了一集很火的《知否》。

快到饭点时，同事帮我点了外卖，清淡的青菜瘦肉粥，和昨晚一样，她下去门卫室拿了上来，然后我们坐在房间的垫子上烤火，看书，聊天，一室暖黄。她碗里花蛤粉的香味弥漫地到处都是，我瞧着面前的那份清淡小粥，不甘心地一口一口咽下去。

吃完后，在垫子上席地而坐，说生活小事、杂事、趣事。忽而恼怒，忽而欢笑，又看完了一集电视剧，年轻的顾家公子和白衣胜雪的盛家少爷，帅气逼人。

再晚一点，随手取了一本书翻看，不一会儿心里倦怠而疲乏，索性弃了。

　　收到厚厚的一沓信纸，从金陵而来，是相交多年的文友，心里一阵欢喜，在如今这个信息时代轰炸的生活里，依旧还能和你手写一封书信的人早已寥寥无几。

　　那个丫头说我写的信她爱看，那么，我便提笔写吧！

　　写人间细碎生活，动人光阴，即使身处病中。

好姑娘，永垂不朽！

我喜欢这个名字：《好姑娘，永垂不朽！》

有些怪异，有些温情，又有些无理。

是"顺手牵羊"过来的，这是一个书名，作者唤作半夏，我也不知道具体讲述什么，只是在书店里游走，于一排排的书籍里掠过这个名字，心里泛起微澜，便记下了。

对于阅读，我总是这样，先爱上书名，后爱上故事，欢喜着，眷恋着之后，才舍得把书本翻开。通俗的放在现实里来说，大概类似我会先爱上一个人的容颜，才有兴趣去探究一个人的内心，再用流行语翻译过来就一句话：我是外貌协会成员。

好似扯远了。

雨断断续续的下了快有一个月。我正等待着一场考试结果，焦灼的滋味真是要命，尤其是潮湿的雨天，一个人待在屋子里。这座城市在忙着所谓的道路规划，从广场延伸过去的几条大道竖起高高的护栏，顺带着"危险""施工中""绕道"等醒目的字体，公交路线更改，绕着这个本就小小的城，画了一个完美的圆。打伞出门，在公交上和朋友发信息抱怨，她莞尔一笑：这样岂不是又可以多看下这个城市周围的景致！实话实说，那样大雨倾城的时刻，我实在想不出有谁愿意出门一身湿淋淋的只为看风景。

我想我终究算特别的，冒雨就为了去书店挑本钟爱的书籍。

那一场考试，似乎耗尽了我所有的精力与耐性。我以为之后可以好好的休息，可是，少了那样充实的疯狂看书的状态，整个人就越发空虚起来。好在，一切也恢复的极快。买回了一直想要的作品，所以我现在的生活变成了：早上六点四十在闹钟的功劳下起床，拉开窗帘；洗漱，捧着张晓风的文集，读些让人无限明朗的句子；然后上班，课堂里和学生调笑生气愤怒斗嘴玩闹耍赖，装深沉装可爱装古板装女王，无所不能；六点之前吃过晚饭，八点之前辅导完家教的孩子，洗澡，洗衣服；看看电影，读仇若涵的温柔的文字，缠绵而又缱绻，然后看放在床头的小说，血雨腥风，阴谋背叛。

每一天，我都从温婉清约的古典意境中走向一个个身穿金色铠甲，长矛与鲜血同在的骑士军队。我想我是不安了，但是并没有疯。

仇若涵，"八零"后作家，擅写尘世爱情，文笔细腻，情感温柔。会买下她的书，因了扉页上的一句：纵我当时知有恨，初心不肯不逢君。刹那内心某个地方突然变的温情无比。

不肯不逢君。

那样的笃定，痴绝。

外面是淅沥的雨，撑开的伞，匆忙的人群，而我在这小小的书店里，斜倚着书架，指尖划过这娟秀的字体，就突兀地心疼了。

我固执地认为，一个优秀的女子应当如此：明亮飞扬，笃定生活美好；懂点哲学和心理学；有稳定的工作并为之付出精力；经常阅读，无论文学、经济、旅游、娱乐，不是为了装博学，只是为了在某些场合让自己拥有良好的谈吐；有照顾自己的能力，可以偶尔脆弱，女子当如藤蔓，附乔木而生，然乔木无为何苦攀附，优秀的女子是悲哀后也可以一个人活色生香，摇曳生姿；白天妆容亮丽，晚上可以为了一部偶像剧扮花痴；可以适当地庸俗，为高档名牌店里的一件漂亮衣服一双高跟凉鞋耗去一半的工资；会聚餐，会喝酒，会酒后吐真言，但是十二点之前会回到自己小小的家，第二天不忘穿着精致地上班；不轻易和他人计较，伤害到自己利益时除外；争吵没什么不好，属于自己的东西请拿回来，靠自己，因为你身边没有骑士或者天神；努力爱身边你爱着的人；虽世事纷扰，然也要内心保持最初的纯净。

已是七月季，毕业的时间，我站在走廊里，能看到毕业班的孩子们在欢呼，然后想起曾经，拉着密码箱离开校园的时光，我和我的朋友们，天南地北，从此各有各的精彩。

故事里说，观音是最无情的人，因为慈悲为怀，普渡众生，拈花一笑，渡的是所有人，怎能独你一个？说到底便是博爱无情。庆幸，我终究不是博爱的人。

逛街的时候，也会看到很多高考完的孩子，张扬的，桀骜的，单车，篮球，白色 T 恤，帆布鞋，马尾，我知道那个年代真的离我很远了。可是，从不后悔成长啊。

其实，只要努力，每个人都可以想要成为的样子呢。

书里说，让我们不为世俗所动，不为名利所染，温柔，勇敢，爱。

谁的浪漫不经历沧桑?

我出生在一个不折不扣的春天,阳春三月,杨柳吐绿,红杏枝头,黄莺宛转。

春暖花开,是父母赋予我名字的含义。

亲友们说小时候的我,乖巧可人,眼神澄澈,粉嫩粉嫩的脸颊,安静,不吵闹。而我对那时的印象似乎只剩下邻居那个和我一般大的丫头,不是在我的连衣裙上放些让人讨厌的小虫,便是,狠捏着我肉嘟嘟的小手,直到我哭得惊天动地。

七岁,我背起妈妈做的漂亮的素花的碎格子布包,开始上学。开始做个安静听话的学生,开始捧着大大小小的奖状回家,看父母开心的笑脸。逐渐讨厌这样的安静,于是开始和其他人一样好动贪玩,疯狂的和男孩子玩捉迷藏,然后一身脏兮兮的回家。父母也并没有因此而不高兴,因为那些奖状并没有被别人所夺走。我至今还能想起那个时候,我们用稚气的声音唱《童年》,有着一头长长秀发的美女老师在旁边宠溺地打着节拍。那个不懂哀愁的年纪,偶尔也会哼着"长亭外,古道边,芳草碧连天"那些歌声在如今网络流行音乐的肆意席卷的潮流中,显得如此悠扬动听。

十二岁，我离开待了五年的村小，离开那个长长头发的美女老师。开始住校，自己梳头，自己洗衣服，自己照顾自己，这样单调的日子开始让人厌烦。后来干脆懒到在周末便把脏衣服全塞进书包，背回家，让妈妈解决。妈妈无奈地笑，总有一天，你得独立。

然后上县城很好的中学，开始又三年的住校生涯，也开始了三年的孤独。在那里我摒弃了一切的骄傲。孤僻的一个人固守安静的角落，卑微的如同尘芥，一直都不愿提及初中生活，因为格格不入，其实想想，三年自闭没有朋友被同学孤立的岁月也并非没有任何好处。因为没有人在意，于是躲在书海里，和所有书籍打着交道。在临近中考的那个冬天，在没有任何喧闹的角落里的我第一次那么专注的看一个人，日记的内容开始变的丰富。也许也注定一个孤立的我对一个男生长久沉默而隐忍的喜欢。我想，我作文一直不错的缘故大概跟两样东西是脱不了关系的，书籍与日记。

十六岁，高一，又回到骄傲，只是更加深沉。一大群热闹的朋友，一个待我极好的语文老师。便足够。我的作文溢满化不开的伤，年轻的语文老师在后面写大段大段的话，他让我在他大学生活的记忆里憧憬未来，我知道，他希望他的学生明媚一点。可等我慢慢改变时，他就离开了，去了上海，读研究生。从此，便没有一个老师在看着我的文字后说一句：你真让人担心。从此，便没有人在我上气不接下气地从办公室抱回作业本时，说一声：没跑累吧？

十七岁高二，真正意义上的快乐，这种快乐不是单纯的从老师手里捧过那些奖状的快乐，而是即使内心深处有着忧伤，也能释然的扬起一脸的笑容。明媚一瞬，世界变得好耀眼。

接踵而来的高考对成绩平平的我显得波澜不惊。我把高中三年的教科书换成钞票，狠狠的买想买的东西。从房东家搬出时，并没有多少东西，厚厚的课外书籍，各种小玩意，两本日记：里面是生活的点滴，以及一场无声的暗恋。

十九岁半，上大学。提着行李从一个城市到另一个陌生的城市，长长的铁轨延伸到茫然的未来。我并没有学钟爱的新闻，成为一名记者的理想还没开始就已夭折。大学的悠闲让人瞬间变得懒散：疯狂的玩，不爱看书，懒的不想动，偶尔逃课，谈场短暂到无关痛痒的恋爱，和朋友逐渐失去联系……

二十二岁，我大学毕业，拉着密码箱从远方回到家乡，盘起长发，踩几厘米高的鞋子，和一个相伴十年的朋友一起考试，面试，走上教师岗位。热爱一切美好的事物，觉得人生从此好像都会平稳安然地像一场梦，遇见很多人，有人给我疼宠，有人给我关照，有人给我恼怒，有人给我欢笑……我是自己的公主，遇见自己的良人如玉。

二十三岁，兜兜转转也好，命运使然也好，终究也要放下所有轰轰烈烈的回忆和清傲，低眉柔目地陪在一个人身侧。大抵是因为你读一首《上邪》能换来一首《敦煌曲子词》罢了。有个叫清颜的女孩子告诉我：我不过是想遇良人，度红尘，共此生。后来，我不知道清颜是否遇到了她清俊如画的良人，但是我知道，有时候，孤灯守候，风雪而归同样是爱。

二十五岁，桃之夭夭的春天，我身披嫁衣，看亲戚朋友喜气洋洋地操办，孩子们高高低低的笑声传的到处都是，我在二楼的房间里，带着不知传了几辈的八卦锁，看那些耀眼的红色花朵和剪纸。你一定不知道所谓婚姻，不过是吵不散的爱情。后来的年月里，我们有许多的争吵和不谅解，有时候大概会觉得，万事悲哀。天南地北的人都说我不再是那个可人的姑娘，我经常瞧瞧镜子，恼怒自己变得如此无助，却不知道该如何是好？那样的生活里，一个叫念念的孩子来到这世上，我说我说，念念不忘，必有回响。

我一定是忘了我们都太骄傲，所以在无数的生活点滴里，我们磨光了爱的痕迹。好在，我们终究和生活握手言和，在我眼里，他依旧是会挥剑弄枪，也会弄书泼墨的公子，我还是那个清丽温婉的夕姑娘。一切都刚刚好。像传的沸沸扬扬的世界末日那一年桐花万里的五月。

现在，日子清浅安稳，岁月无惊。教书育人，读书写作，旅行交友，侍弄花草，精练厨艺，摆弄手工，习字绘画，是这样好呀。周身缭绕的尘世里，我还葆有一颗透明可人的少女情怀。

你看，我二十多年的年华就这样溜走了，时间真的不饶人呢！你看，当年那个欺负我和我同龄的邻家丫头在一年前就已嫁作人妻，现在也已作为人母了。今年过年时看到她，昔日的伶俐顽皮早已被生活剥落。看着昔日的玩伴我竟不知道说什么。抱着孩子的她倒说了句：你还是像个没长大的丫头。

这一句，我听得很清楚，清楚到想流泪。

你看，我还像个孩子，我的浪漫还将继续。

感谢生活给了我优待，嘿，我相信也会给你们优待。

青春，遍地是美好

六月的雨伴着雷声呼啸而过，穿过七月夏蝉的嘶鸣，一份满载着汗水的录取通知书在八月烈日洒下的光芒中，抵达。

终于，终于，像推开一扇森严壁垒的重门，人生打开了另一段更为崭新的旅程。

我知道，我要说一声高考再见，大学你好了！

有一句歌词这样写道"有一天幸福总会听我的话，不怕要多少时间多少代价，青春是我的筹码"，是啊，那样美好的青春就应该这样奋不顾身地去追逐梦想。对于年轻的我们而言，在这青葱岁月里，走好高考这一步，就是我们的梦想，努力过，拼搏过，奋斗过，就是青春最靓丽的风景，就是人生最有力的证据。

在这一路上，陪伴我们追寻梦想的有敬爱的老师们。堆满书垛的教室里，我们在他的"威严"下，完成一张张试卷，抄写一本本笔记，背诵一份份单词。课堂里一道道习题的演练，是他们的严谨与责任；课堂外一次次严厉的提醒，是他们的期待与希冀！

还有陪你一起奋战，一起冲刺的同学们。穿着同样的校服，刷着同样的真题，经历着相同的考试，也承受着同样的期望，更憧憬着高考后的肆意青春。模拟考试后，会因为满意的分数而喜悦；校园活动时，为激情的演讲而荣耀；课后练习，也会为做题失误而懊恼，为名次跌落而痛哭。尽管如此，却没有一个人想轻易认输，大家都鼓足劲拼命学习，相互鼓励支持。

更有父母的期待，那沉甸甸的爱，藏在那一日三餐的饭菜里，藏在深夜等候你晚自习回来的灯光里，也藏在清晨唤你起床时看到你黑眼圈的心疼里，那爱，那样沉重又那样温暖。

当然这段艰难的跋涉里，最要感谢的还是那个拼命的自己。每天六点起床踏着晨曦前往校园，晚上 11 点裹紧衣服伴着星辰回家的自己，即使上课很累，也强撑着听讲的自己，一个人在台灯下刷着题突然忍不住想哭，但依旧咬紧牙关的自己，想要认输时，拿出想去的大学照片放在床头的自己……

都说没有奋斗的人生是不完整的，何况是高三这座"高山"？如此庆幸，我的高三，因为奋斗，所以无愧；我的青春，因为无所畏惧，所以精彩纷呈。

感谢那段美好的时光，年少轻狂快意逐梦，书生意气挥斥方遒，青春的我们用上从没有过的认真，去奋笔疾书，也曾举起手宣誓，为在远处等着的璀璨未来和美好期待。那些挑灯夜读熬过的辛酸化作快乐，在梦想抵达的时刻，一一被放大再放大。以至于我相信，往后每每回忆起来，记忆里，都是温柔的动人的夏天。

而今，带着高考时的拼劲和努力上路，面对即将到来的大学这一段未知的路途，我同样会好好珍惜，努力奋斗。四年，充满了无限的可能，我可以去做任何自己想做的事，去追逐自己的爱好，去参加社团，去图书馆阅读，去接触新鲜事物，去结交朋友，去了解社会，去体验美好……我愿意通过大学的磨炼，来充实自己，来提升自己，来改变自己，从而变成一个更好的自己。

我相信，追逐梦想的青春最美。

不会害怕人生的坎坷与磨难，哪怕荆棘丛生，也相信荆棘会开出淡淡的花朵。

不会担忧前方的无数不确定，因为始终坚信，当自己一心执着于一个目标时，全世界都会为你让路。

风雨之后，终会迎来彩虹，既然选择了远方，便只顾风雨兼程，让我们以一颗年轻热忱的赤子之心去探寻人生之路，带着高考给予的人生力量与人生启示，满怀信心，满腹勇气，去为了更优秀的自己，更美好的未来而孤勇奋战。

你看，这才是青春最美好的样子！

悲喜人生

　　病房里有黏腻而潮湿的消毒水的味道，间或夹杂着高高低低的交谈声，碰上饭点，便有各种饺子、清粥、小菜弥漫开来，偶尔几声咳嗽，躺久的那个中年男人轻微地发出痛苦的呻吟，旁边的设备机上，表示心率，血压的数字红得那般显眼，过道里，一身白大褂的护士永远步履匆匆。

　　我坐在病房的椅子上，瞧着妈妈肿得不像话的左手，细细的针管连接着一大瓶透明的液体，一滴一滴，压抑而又无奈。这是妈妈发现高血压呈高危象后待在医院的第八天，医生建议住院降压，于是日日便开始与药物打起了交道。至今为止，她的左手上肉眼能看到的血管均留下了针头扎过的痕迹，青紫的颜色遍布开来。曾想过换一只手打针的，却在第四天时，遇上一个扎针并不熟练的年轻护士，总也扎不进去，好不容易扎好，药水又开得太快，妈妈右手手背的血管处迅速鼓起一大片的肿包，吓得妈妈直喊疼，于是护士急急忙忙拔了针，便再也不敢碰那只手了。当然，这是妈妈复述给我听的，当时我并不在场。妈妈说：那小姑娘一个劲地说不好意思不好意思，哪里还能和她计较，大概是刚毕业的呢！我便也就无话了，只是握着她那日日浸淫药液的冰冷的手直难受。

每天早上，我起很早，收拾妥当，把孩子送去幼儿园，然后把妈妈送到医院打针，下午五点，准时接孩子放学，再去医院接妈妈回来，循环往复。直到前几天医生说，你妈还是不要离开医院，以免耽误医生观察病情，其实我知道，因为妈妈日日去护士站叫护士测量血压，她们态度并非很好，因为没有按点去，她们已过了查房时间，再加上病人多，便少了些耐心。妈妈觉得过于麻烦，于是便开始在医院留宿。

多数时间，她挺孤单，从上午八点到下午五点，她都是一个人待在病床上，偶尔会有亲戚朋友去看望，她们总能聊上许久。我每个课后会打个电话，她应我的话从来就很好。妈妈天生待人温和，是与人为善的女人，所以日日我都能在晚上睡觉时听到她每日复述给我听的故事。

比如大病房里有四张病床，她旁边的那位患者，是一个五十七岁的男人，终年患病，住院已是常事。我们去的第一天，看到一个还算健硕的男人在照顾他，递水、翻身、喂米糊，忙碌不歇，于是有其他病人的家属便寻话题问：您爸爸什么情况呀？男人缓了会，回答：生病的是我儿子。然后叹一口气，那一声"哎"的感叹中有数不清的无奈。

他已经八十岁左右，看起来身体倒是很好，一双巧手做木匠，两个儿子一个女儿，床上躺着的是大儿子，早年是淘金人，却因常年劳累，又吸烟喝酒，于是留下一身病痛，从五十岁开始就大病小病没有停止的一天，那常年被药物浸染的身体竟比自己的父亲还要老上许多。因此才造成刚刚问话的尴尬与误会，老人倒是没在意，径自说起来，他有两个孙子，大的和我差不多年纪，在广州务工，曾孙上幼儿园，是一个四世同堂的家庭。说起来，儿孙俱有，总该是幸福的，然而现实却是一个老人家，一个被叫太公的老人，日日守护在病床前照顾着一个两肺切除，瘦的只剩皮包骨头，那情形比自己还老上十几岁的儿子。

妈妈说，有个夜晚，她无意撞见过一次，他一口一口喂床上的儿子喝米糊，换尿片，眼泪便扑簌簌地掉。然后悠悠嘀咕：这都是什么命啊！

然而，多数时候，那个老人家慈祥和蔼，眼神平和，是打心眼里就觉得好相处的人。我给妈妈洗水果时，总会问他吃不吃青枣、苹果、香蕉之类，他摆摆手说：不要，不要，姑娘，我身体不好，啥都不敢吃。我说没关系，是水果。他就笑意盈盈：那你们多吃点，我老了，吃不动了。他话不多，时常还笑眯眯的，服侍儿子也尽心尽力。偶尔也逗逗跟随我来看望外婆的孩子说：你家娃娃真好看，真活泼。

我很少见他休息，好像他有使不完的精力，直到那天，他的大孙儿因为厂里放了几天假，于是从广州奔了回来。老人家便听从建议，回了一趟老家，于是，照顾病人的责任暂时由孙儿代替了。可那个晚上，也不知怎么回事，病床上的儿子，突然间就变得躁动无比，自己拔了氧气瓶，丢了针，不吃不喝，医生护士围了一大圈，所有人都劝他喝点东西，他硬是不张口，那瘦的不成形的脸上，眼珠子直溜溜地瞧着天花板。大孙儿无奈，只得呼了电话把爷爷叫下来，老人家到的时候已是深夜，他见着病床上闹腾的男人，突然红了眼眶，然后开始一声声责骂，话骂的极不好听，不过一顿骂声后，他又一口口舀了汤汁塞到病人的嘴里。而那一晚，所有人都以为那个病人会熬不过去。

可能因为那一口口老父亲喂下的汤汁，病人撑了下去。不过，每一次，医生换药，扎针，掀开被子时，那双手已经瘦的无法形容，浮肿的双脚，插了针管，无法动弹。每逢医生给他换药，妈妈都提醒别看。大抵是觉得那样子过于残忍或者恶心。我却是觉得没什么的，那样萎靡不振苦苦支撑的生命，让人动容，有时候他眼睛整天大大地睁着，我偶尔还和他对视过。他的妻子也会来，服侍不如老人家细心，我之前还瞧着不满，毕竟床上的可是她的丈夫，后来，我才知道，她自己常年身体不好，日日还得操持家里，抚养孩子，无奈只得留老父亲在医院看顾，而自己承担所有重活。我问她可有怨言，她没有说话，我以为她是有的，可是有一天她又悠悠地对我说：全家人都在挣钱，都为了救他，所以我一天也不敢停下。

老人家的大孙子三十上下，很是沉默。一天下午，他问我妈妈：阿姨，今晚您会去你女儿那吗？会的话我能不能在你那张床休息下。那时，妈妈的情况已经好转，可以回家休息，于是妈妈答应了，之后，每一日，我去医院接妈妈回家时，她都会和他们说一声：今天我不回病房，你们要是不嫌弃我生病，就在我那床休息吧。

再后来，我去拿药，课后去看望妈妈，老人家的大孙子总是一如既往的沉默，但眼神温和，偶尔还会和我交谈几句，多是：来了呀！或者：护士已经发了药了，你快去护士站拿！

另一张病床的情况和这一家人的沉默截然不同。

"爷爷，您要不说您是他爸爸，我真以为你是他们请的护工呢？"对面那床病人的家属快言快语，直率极了。当初问话的便是这大姐，接着她又补充"看你每天这样尽心尽力，服侍那么小心，也是蛮辛苦"老人家寡言，是没什么话来回答的，就低低地应了声"没办法哪，我这老人家没什么本事，又做不了什么，儿媳，孙子都得赚钱，就我这老头子来照顾了。"

饶是像问话人那么坦率的性子也不知道回什么了。于是就扯开话题，说自己的妈妈。哦，就是那张病床的女病人，也是个老人家，只是精神状态极好，七十岁左右的光景，曾经是个民办教师。用她儿媳，就是那个快言快语的大姐姐的话来说"嘿，我妈，文化高着呢！"

一个白天到处晃，节假日邀朋结伴各个景点游玩，晚上就跳广场舞，有一大堆同学好友日日研究美食，偶尔还坐下来搓麻将。儿媳买个老年手机还嫌土，硬是自己花工资买了个两三千的手机然后和儿媳嘚瑟，和家里上大学的孙子最有话题聊的老妇人，怎么就折腾地进了医院呢？

听说老人家进来的时候是扛着进来的，差点没了命，两手乌黑，嘴唇发紫，典型的中毒症状。原因不过是前一日她和几个同学一起在县城逛街，遇上个江湖郎中，街头卖膏药，说是主治筋骨疼痛。几个同学一合计，天天都跳广场，身子也不硬朗，上个楼还费劲，要不，用用？于是三个人默契掏钱，一人一贴，围了腰围一大块地方。

各自回家，半路，便察觉不太对劲，怎么那般难受，于是加快速度，到家时全身已经提不起劲，手脚都已无力，巨大的眩晕感使得她赶紧冲到卫生间，简单清洗，然后便是剧烈地呕吐。短暂的清醒间隙，她拨出了家人和医院的电话。

"我这人高明了一辈子，天天还大呼小叫地劝说我那些子女们不要迷信，想不到我自己栽了一回"精神好些的时候，她是这样和我妈妈说的。等她再稍微好些的时候，就开始在病房里开心交谈，她很健谈，常常有好朋友来看望她，有舞友打电话来邀她跳舞，她便大嗓门回：跳跳跳，我都进医院了，还怎么跳，你们也不来看我！然后挂断电话，没多久，她那些朋友就提了水果围上来，好像一大伙老小孩。

因为有一颗年轻的心，所以看待任何事物都是单纯而天真。她的儿子儿媳均在昆明工作，这次只有儿媳连夜从昆明搭飞机回来，她的儿媳，那位开朗直率的大姐姐，说话带点浓浓的方言，但是手脚麻利，且又乐于交谈，她说：我妈妈这次可把我吓死了。转身她又对老人说：以后可信不得那些江湖郎中了！

她妈妈乐呵呵应承：知道，知道了。都快没命了，还能不长记性么？大姐姐还说过：我没当她是婆婆呢，就是亲妈！她说这话的时候，眼睛里有浓烈的感情。

我一边和大姐姐说话，一边又看着那个一直伺候着因肺病住院的儿子的老人家。他颤巍巍地吹手上买的那份粥，小心地喂儿子吃完，然后给病人擦干净嘴角，看了看药水，掖了掖被角，便从柜子里拿下了一份面条，已经冷了，估计是早上剩下的。然后他坐在凳子上，一筷子一筷子地夹起，最后连汤汁也没剩下。

收拾完一切，他便又继续坐着，不说话，静静地打量一切，但眼神从不离开病床上那个瘦弱的患病的儿子。

我竟一下子喉咙里像堵了什么似的，这生活，当真各有悲喜！

妈妈快要出院的那天，医生大概觉得那个病人的病情真的过于严重了，于是换了病房。我看着他被成群的医生护士推走，那老父亲佝偻着身子跟在后边，病房里一下子像冷清了许多。

几分钟后，我在去办出院手续的走廊上，碰上了那个老人家，他见我拿了厚厚的单子，问妈妈：是不是要出院了？妈妈说：是的，我女儿已经办好手续了。他便笑呵呵地说：那真好，回家要好好休息！妈妈于是问他儿子的病情，并宽慰他：慢慢就会好。他眼神一下子黯淡下来，然后说：是救不好了。

我移开眼神，走廊的长凳上，老人家的大孙儿正呆坐着。

记得妈妈说：住院的时间，留给她印象最深的，便是那个老人家低低哭了一整夜的样子。而我，却一次也没见他哭过。

昨晚，我还听他说，从家里扛了自己做的木梯在卖，一百元一个。他说，他要赚钱救儿子的命。

你看，就是这样一家人，在苦难的日子里，活得那样小心，那样艰难，可是依旧不曾放弃过对生活的希望。

而我就这样看着重症病房的那扇门，眼泪缓缓地落下来。

烟火味里过新年

　　一天一天的光阴里，厚重的日历一页页撕下，阳历的一年就过了。而真正的农历新年随着腊味的清香、红红的对联、孩子们嬉笑的脸缓缓地走来。

　　对于一个八岁的孩子而言，过年的快乐，胜却人间无数。

　　厨房里，我往灶膛里添了把柴火，火烧得很旺很旺。锅里，咕噜噜的水泡从锅盖边缘溢出来，扣肉的浓香味让我不由得吸了吸鼻子。系了围裙的妈妈立在灶边，看着我小馋猫的样子直笑。火照着她慈爱的眸子，整个厨房瞬时染上亮光。

　　烧完扣肉，圆滚滚的肉丸就下了锅，它们一颗颗地在水里翻腾，好像要把所有的喜悦都翻出来给人们瞧一瞧。等到熟透时，那浓浓的黏稠的汤汁，又香又热，就滑进了我的肚子里，于是，我也欢喜起来。

　　其实，除了扣肉、丸子，过年必不可少的事儿可多了，每每到腊月二十左右，爸爸妈妈就开启了迎接新年的仪式。干干净净的屋子打扫了；一整笼的黄元米果做好了；鲜炸的果子分门别类入了缸；檐下的腊肉已香味十足；炸的酥酥的饺子里起码有七八种馅料；还有鱼块啊，排骨啊，加上作料，裹上面粉，等待着变成金黄。

最喜欢的除了吃食外，还有新衣服，大年三十的下午早早地换上新衣裳，而且恨不得让全世界都知晓。在庭院里跑，在厅堂里跑，跑着跑着还差点撞上拿了托盘去祭祀的爸爸。爸爸的托盘里装了新鲜的鱼，半熟的肉，还有整只烧过的鸡，热茶温酒齐齐排列，我一撞，那酒便摇晃着溢出来，爸爸一边笑一边喊我："臭丫头，咋咋呼呼地干什么呢！"。然后我就随在爸爸的身后，看他在神案前真诚地合掌，弯腰，参拜，我学得一板一眼，燃烧的红烛光里，是一个小女孩对新年到来最虔诚的心愿。

晚饭开始前要放鞭炮，那炮竹裂开的声音密集而疯狂。我躲进房间，捂着耳朵，却又忍不住偷偷从窗户里看，只见院子里火龙沸腾，噼里啪啦里，全都是驱邪降福的号召。

而童年，就这样在一年一年的鞭炮声中悄然离去了！

像一首歌，简单直白地唱啊唱，一唱唱到十八岁。曾经念着快些长大，快些长大，于是长发及腰替代了麻花辫。

而家乡，隔着几百公里的距离，在铁轨的那一端！

唯有年，那样一个特殊的存在，像风筝线，牢牢拽紧了一个异地求学的女孩对家浓烈的情感，像暖流，让严寒的冬天变得温情了几分。

寒假一到，便急不可耐地买回家的车票，装满了思念和乡情的密码箱那么沉。又何止是我，任何一个离乡的人，不管路途多遥远，都要几经辗转，赶在年前，和家人团聚，过个红红火火的年。而他们的回归让整个村子都热热闹闹起来，山村的老家不改旧日的样子，年长的，同龄的，隔壁的兄姐，邻居的叔伯，他们能清晰地呼唤出你的小名，可以亲切地说出你年少的趣事。

采办年货，变成了我和哥哥的责任，新鲜的蔬菜，缤纷的糖果，各类果干，琳琅满目，差点挑花眼。也买烟花、灯笼、香烛，香烛要很大一根的，灯笼要很红一盏的。爸爸就看着我和哥哥挑选，眼睛里都是一双儿女笑吟吟的脸。当然，也热衷于去店里选唱片，唱片里新年祝福的歌声总能在整个正月里飘得很远很远。

偶尔也碰上几场喜宴，邻家的女儿或远房的表姐，她们选在春节步入人生另一个阶段。红色的手工剪纸、大红的喜字、染成红色的花生、火红的嫁衣、火红的被子，一色的红。我领着一大群孩子围在新娘的身旁讨桂圆红枣，外面是喧闹的宾客，房间里是新嫁娘绽放的笑脸。

年夜饭，我不再是窝在灶前添柴火的丫头，而是给妈妈打下手，嫩嫩的豆腐里嵌碎肉，油炸的丸子裹淀粉，新鲜的鸡汤端上桌，然后，便一家人围坐在一起看春晚。

夜再深一些，便有烟花绽放，当夜空被炸出一蓬蓬彩色的花朵时，我知道，时光又远去了一分。

而今，又是一年新来到！

少女时光一去不复返，只余长发盘起，净手为家人做羹汤。偌大的厨房，我成了主角，案板便是战场。众多的食材横在眼前，我闭眼想象妈妈做年夜饭的样子，每一个步骤，每一个环节，五花肉切薄片，新鲜排骨剁小块，生姜、豆酱、香油、米酒，搅拌，腌制。我用上十二分的心思，只为这浓重节日里的一份传承！

客厅的电视里传来欢快的声响，跟爸爸和叔叔们去庙里祭拜回来的孩子，穿了红色的衣裳带了红色的帽子，眼睛忽闪忽闪的像个年娃娃。猫狗在闹腾，孩子围着锅边打转，那馋样像极了我年轻的模样。

都说年味难寻，曾经热热闹闹团圆欢聚的场景变成了各自低头积福气抢红包。衣服款式更加新颖，却不再有孩童时那样高兴。说到底，也许只是我们过于冷漠，毕竟成年人的世界太多纠葛。不信你看，那笑嘻嘻拿了拜年红包的孩子脸上的笑容是否和你年少时没有两样？推开家门，看到你回来的父母，眼里是不是闪着光？

这年啊，更重要的是笃定生活能越来越美好，岁月能越来越绵长的一份寄托。

　　你听，鞭炮已经响起，新年的钟声敲响，守岁的我仰头看夜空，好像又记起了二十年前，那个在院子奔跑着迎接新年的小女孩。

　　年龄越长，越要懂得珍惜幸福，热爱生活，恰如这烟火味里的年，久久传承，刻画着人间最美好的时光！

最美不过读唐诗

我爱读书，爱到骨子里！

书，是幼时妈妈一句句吟出来的"人之初，性本善"；是哥哥嘴里读给我听的"空山不见人，但闻人语响"；是课堂上老师介绍的一篇篇美文，一部部作品。初闻书香，我便爱上，我坠入书海，是不愿登岸的少女。

所有的书籍里，最爱唐诗，一本厚厚的《唐诗三百首》是我的枕边书。李白、杜甫、王维、孟浩然……他们均是我的知己，跟李白对酒赏月，与杜甫感叹现实，和王维醉卧山林，陪孟浩然观赏田园。春赏"万紫千红总是春"的江南，冬则观"千树万树梨花开"的关外；去边塞看"大漠孤烟直"，去苏杭赏"桃花流水鳜鱼肥"。也笑，也哭，我的灵魂徜徉于五千年的经典文字间，想象在诗歌里自由驰骋，久久沉醉，不可自拔。

唐诗，这一中国文化的瑰宝，告诉我很多很多，而我与唐诗的故事也很长很长。

幼年，唐诗如歌。五六岁的年纪，我还未进学堂，是顽皮的女孩，喜欢疯闹。比我年长八岁的哥哥小学毕业，正上初中。我每天的愿望是周五快点到来，因为那意味着哥哥将从镇上的中学回来，也将带回我贪恋许久的小零食，当然，我最想的是听他教我背诗。

父母并没有多少文化，然而对于孩子的教育丝毫不吝啬，因此，哥哥拥有多本邻家孩子没有的课外书籍，其中就有《唐诗三百首》。

这是我的启蒙读物之一。我年幼并不真正懂得诗歌的内涵，但是喜欢那平平仄仄的韵律，念起来真好听。起初，哥哥教我是为"打发"我，相对我这个小不点的妹妹，他更愿意与其他男孩下河捞鱼，上山摘果子，何况我总是在他写作业的时候打扰他。于是，为阻止我搞破坏，他便扔过来那本《唐诗三百首》，他先教我一遍，然后把我赶到一边，要是我背出来便可以跟在他后边。这无疑是种"刁难"，我果真被难住，一个六岁孩子的记忆力总是有限，即使背出了"鹅，鹅，鹅，曲项向天歌"也想不起后面的"白毛浮绿水，红掌拨清波"，甚至还会背出"离离原上草，花落知多少"这样不知岔到哪里去的句子。

然而，我不服输，一待一背便是好久。在我有一次完整地背出两首古诗后，哥哥开始把这个责难的游戏变成一种习惯，他慢慢教，我慢慢学，从"举头望明月，低头思故乡"到"红豆生南国，春来发几枝"，再到"日照香炉生紫烟，遥看瀑布挂前川"，朗朗上口的音律让我越来越喜爱，有时背着背着好像眼前就出现了一幅幅动人的画面，那种天马行空的想象力让一个懵懂的女孩儿欢欣愉悦。

而这抑扬顿挫的声韵里，童年，打开了新的大门。

少女，唐诗如梦。我在唐诗的歌声里一路奔跑，小学，中学，然后长成十七八岁的少女，这时候翻读《唐诗三百首》，渐渐有不一样的体验与感悟。

中考、高考，家长和老师的耳提面命，同学的奋笔疾书，让生活的每一天都变得充实而忙碌，在那学业折腾的短暂的属于自己的空闲里，总是无限向往外面广阔的世界，好像除了升学，真是处处皆诗意。明月照松林，空山新雨后，姹紫嫣红的江南让人向往；长河落日圆，羌笛声声怨，凄凉的边塞让人悲苦；想去六朝古都金陵，想去大唐王都长安，想仗剑骑马走边关，也想舞榭歌台饮美酒，除了恢宏的梦想，还有朦胧的爱恋，我那一颗年少的心啊，在唐诗的世界里尽情游走。

都说少女情怀总是诗。那萌动的少女心在言情小说的故事浸透里显得如此惆怅，而诗歌恰恰成了那惆怅的滞留地。

读"玉箸垂朝镜，春风知不知"会想起薛涛，会痛惜，想起她的寂寞，她的黯然；读"拂墙花影动，疑是玉人来"就会和张生一起期盼，期盼莺莺月夜下越墙而来；读"曾经沧海难为水，除却巫山不是云"根本不懂深意，只觉得难过万分；读"人面不知何处去，桃花依旧笑春风"又为人面桃花的爱情故事而悲叹。

那些诗句里，隐隐约约藏着一个男孩子的影子。真是愁啊，却不知道具体愁什么，只知道那愁在一句句诗句里越发深厚，在管弦声声吟唱里，在秦淮夜月阑珊里。

青年，诗如人生。当年的《唐诗三百首》纸张逐渐泛黄，我亦不知买过多少新版的诗集，随着书籍更新的还有人生。当青涩年华褪去痕迹，青葱岁月逐渐抛在身后，曾经那个读诗的孩子，已经走上讲台，教更多的孩子们读诗。在那一句一句的吟诵和品读里，便发现，让人动容的已不仅仅是那些抑扬顿挫的词句，还有诗中背后的情感与品格。

课堂里，我和孩子们穿越时空，在繁华的大唐和李白喝酒赏月，陪王维把阳关唱到千千遍，跟贺知章在柳枝绵绵里吹三月的风，听王昌龄表白如同冰心在玉壶的内心。

一首首唐诗浮现眼前，顺着文字指点，我和孩子们认识诗人，也认识自己，领悟万物，也沉思自我。从《独坐敬亭山》中，看到了一个不一样的李白，怀才不遇而孤独寂寞的李白。从《春夜喜雨》中，又看到一个不一样的杜甫，脱离沉痛的悲叹，只为一场雨而喜悦对生活饱含热爱的杜甫。而唐诗千万，除了他们，除了自由潇洒，除了超然物外，还有家国、梦想、希冀……而这些，早已融入唐诗，我们，又是否读懂了呢？

读诗，如交友，与书中的主人公同呼吸共命运。读诗，如谈心，与书中人物秉烛长谈，无拘无束，那一句句流传千年的唐诗，涤荡了我的灵魂，充盈了我的人生，也让孩子们插上了梦想的双翅，飞得更高更远。

多么美妙的读诗时光，无怪乎，古人说，书"饥读之以当肉，寒读之以当裘，孤寂而读之以当友朋，幽忧而读之以当金石琴瑟也"。

年岁增长，诗歌依旧，而唐诗啊，像繁花，始终开在我的心田，我愿捧一卷诗书，一生在书香里长醉。

你好，追梦的姑娘！

> 你想成为什么人，就去靠近什么人。因为这一生，我们真的要为梦想，为自己内心的追求去做点什么。——题记

最近练习写字，习的是行楷。临摹的多为宋词，一边写一边背，一颗被工作折腾到疲累的心就慢慢地静了下来。觉得生活啊，若能把焦躁不安变成风烟俱净的模样，应当是最深的修行了。

作为一个年近三十，开始整日与柴米油盐打交道，为孩子上哪一所幼儿园而焦虑的女人，我早已过了最好最有时间去努力的年龄，做任何事亦比曾经少女时代怠慢地多。不过，幸而自身是愿意实践的人，大凡感兴趣的事情总愿意去做好。

就像做手工，青铜簪骨，细细的丝线，青翠的珠子，一番弯弯绕绕，我可以把它变成精致的发钗。

也像喝茶，研究《茶经》，翻阅关于茶的任何文章，当枯燥变成一种习惯，一日日的持之以恒里，便于苦涩中品味出甘甜。

更如做菜，当食材的融合可以变成舌尖的美味，有什么比这样的成

就感更让人喜悦？

所以，写出一手漂亮的书法这种目标，我应该也可以笃定地冲你说一句——请拭目以待！

进一个文友群里，群里制订了群规，每日必习字、朗诵、背诵古诗、撰写读书心得，四项任务缺一不可。有时候我们不得不承认"近朱者赤，近墨者黑"这八个字的力量。和什么人相处，是那样重要。越发优秀的人只会不断督促你前行，就如同曾经有个学弟和我说：学姐，你那样的人从来都不会让我嫉妒，只会让我不断地去努力，只为了不辜负成为你朋友。

至今，我仍深受感动，我始终认为，能够以美好以正能量影响身边的人，本身就是一种奇妙的事情。就像如今，我身边越来越多的朋友，和我一样爱上了读书，想想都是妙不可言的事！

而我在热爱阅读，热衷写作的道路上，其实也颇受他人影响啊。年少时，对阅读的兴趣很大一部分原因得益于高中时期的语文老师。

那时念高一，我是十分自卑的女孩子，除了要好的一两个朋友外，在班级里，自己差不多成了隐形人。也许是因为过于孤僻的原因，内心便更加善感多情，在连续几次的作文都得到了语文老师的大肆赞赏后，我成了他的小助手——语文课代表。

尽管语文老师很年轻，比我大不了几岁，但却是个博览群书，且又十分儒雅的人，他的课堂总是充满无尽的趣味。一个小小的成语，他能扯出一段让人沉醉的历史故事；一篇短短的文章，也能转到一部鸿篇巨著里。他讲《巴黎圣母院》，也讲《平凡的世界》，说中国的曹雪芹，也说国外的简·奥斯汀……我常常在他的课堂里如痴如醉，恨不得下课铃声永远不要再响起。

他一定察觉了那个托着下巴，沉浸在故事里的女生内心的渴望，于是他把教师的借书卡给了我。我至今都还记得，在图书馆的书架前，他指着那一排排的书籍对我说：去读书吧，你一定会在书里找到自信。

我谨遵着他的教诲，在那个距离高考还有两年，硝烟暂时也没有肆意弥漫，空闲时间男孩子都用来打篮球，女孩子用来追星的日子里，开始畅通无阻地在图书馆的一个个书架前流连。我扎进了那些中外名著、历史演义，甚至还有侦探小说、言情故事的世界里。

在那个安静的国度里，我悄然地改变着。课堂里，他提出的问题，我开始能朗声说出答案；课余，我开始会和周围的同学聊天，参与女孩子们八卦无比的话题；全校作文大赛的红榜上，我的名字排在了高一年级组的第一位……

多好，他像一盏灯，为一个女孩晦暗的青春送来一抹璀璨的光芒，在那条通往梦想彼岸的路上，那光，那么温暖那么美好！

带着那光的力量，我走进大学的校门，学着与文字有关的专业，悠闲而自在。直到大一上学期快结束时，我遇见那个唤作丽娜的学姐！

丽娜学姐是典型的山东姑娘，个子高挑，为人豪爽。我们在一次文学社举办的活动上认识，算一见如故，她是我所在的那个文学社的前任社长，只不过她那个时候面临毕业，正在外面实习，实在没有多余的时间与精力来操持，于是把文学社交到了现在的社长手里。那次活动是一次读书会，因着对文学的热爱，大家相处起来都十分契合，纷纷畅谈自己的读书体会，丽娜学姐会在旁边做独到的点评，最后，她还做了精彩的总结发言。

当得知丽娜学姐的宿舍藏了许多书时，我和另一个女孩子便成了她宿舍的常客。可惜的是学姐在外实习，每天回校的时间晚了一些。不过，只要她早回一会儿，便会打电话告诉我们。于是，每个夜晚熄灯前，宿舍楼的楼道里都能见到两个捧着书本的女孩子。

学姐心很细，她常常关心我们的专业学习，告诫我们不要荒废大学生涯，她说要尽可能多的去学习各种知识。于是，那个自学多年，然后能说一口流利俄语的学姐成为我心里的偶像！成为初入大学的我心底里最想成为的样子！

随着她工作的忙碌，我见她的次数逐渐减少，但是她无时无刻不在影响着我，除了发愤学习好自己的专业之外，我加入了学校的编辑部，开始旁听感兴趣的其他课程，也加入了当地的环保组织，成为志愿者。后来，我还从社长的手里，接过了那个唤作"飞梦"的文学社。

在承载着学姐期望的"飞梦"，我那渴望变得更加优秀的梦想的翅膀已经徐徐张开！

大学毕业后，我顺利走上教师岗位，会写几篇文章，会排版能编辑，在学校一边教书，一边做着校园宣传的工作。偶尔能拿一张"优秀教师"的证书，也获点小小的荣誉，得到周边些许赞美，我也沾沾自喜。直到，我听到那些另类的声音："她不就会写点文章么？也不见得写的多好啊。反正我是不喜欢她写的那些文字。"

我的心里又气愤，又羞愧。那一刻，我那引以为傲的东西突然间就好像坍塌了一大片，原来，自己真的并没有想象的那么厉害呢？那些每天发在朋友圈，发在网络平台上的文章，真的不行？

在那些焦虑的时刻里，我从被微商、广告充斥的杂乱的朋友圈看到了沉香红写作班的招生广告。

我是早就知道沉香红老师的，在摄影师李菁的朋友圈里看过她的故事；在一个同样热爱文学的学弟的嘴里听到过她的名字；甚至，我还在朋友转发的公众号文里读过她的文章。有着"陕西三毛"之称的她一直是励志女神的化身。去看百度百科上她的简介，只见照片上，她头戴圆帽，一袭红裙，笑容温和，好像就是个人生顺遂，无忧无虑的女子。实际上，每个人的背后都有自己的酸甜苦辣，她也曾经有孤独的童年，有深深的自卑，也曾经沉迷网络成为问题女孩，也遍尝人间冷暖。

然而，有什么可以阻挡一个少女渴望蜕变的决心呢？她学习写作，她提升学历，她独闯非洲，在那个疟疾肆虐的非洲安哥拉，在那个艰苦的异国他乡，小小的她白天干着重活，夜晚在灯下写作。她越挫越勇，环境的恶劣、语言不通的困窘成为通往梦想路上的试金石。直到，她写出了人生的第一本散文集，直到她成了畅销书作家。

我为什么不能像她一样，勇敢追求自己的梦想呢？于是，我果断地报了她的写作班，从基础学起，尽管因为工作和孩子，我有时并没有及时听课，但是我愿意抽出时间回听课程。她教学十分细致；她会认真分析每个学员的优缺点，她说我的文笔不错，可是文章结构不行；她让我们多阅读，多写作，不要怕，好文章更多也是慢慢改出来的。

　　在她的课堂里待得越久，心底里就会越惶恐，因为在那个会集了五湖四海的朋友的群里，有教师、医生、有工作忙碌的工人、有单亲妈妈、甚至有退休后的爷爷奶奶。年龄不同，职业不同，地域不同，可是每个人都在努力，那种因为对同一件事物的热爱聚在一起的人身上所散发的正能量，会让人无地自容，所有人都比你更努力啊。于是，我每天读书，打卡，抄写，分享，不知不觉，就会想要挤一挤时间，想要懂得更多一点，更多一点。处在这样的氛围里，哪里好意思不拿起书来，不动起笔来呢？

　　至于文章变成铅字，发表在杂志，我是并不怎么敢想的。然而，老师帮我实现了，交的文章，她会给我认真点评，教我修改，推荐到杂志、报纸等刊物。就这样，我第一次捧到了有自己文章的杂志。至于，那些另类的声音，我已经并不怎么管了，我手写我心，就是好的，何况我还要感谢他们，是他们的话语让我意识到自己的有待进步，从而，不断靠近优秀的人，成为更棒的自己。

　　我如此庆幸，在阅读与写作的道路上，那些亮出自己的光芒从而惠及到我的人，她们让我相信，热爱，是人生最大的财富。

　　我如此感恩，在我人生的道路上，那些给予我正能量的人，是他们，让我明白，每个人，都拥有最好的样子，每个人都拥有追梦的权利。

　　读一本书，写一段文字，临摹一幅作品，你看，生活万般美好，你要勇敢前行！

　　我是追梦的姑娘，愿读到这本书的你、你们，也能为自己的梦想发点光！